宮廷から追放された魔導建築士、未開の島でもふもふたちとのんびり開拓生活！

［ Author ］

空地大乃
Sorachi Daidai

［ Illustrator ］

ファルケン

ウニ
ワークの使い魔の
妖精ブラウニー。
ワークとは以心伝心で、
長年の相棒。
ワーク・ルフタ
カルセル王国の宮殿に仕えていた、
魔導建築士。
横領の濡れ衣で追放され、
未開の島に辿り着く。
竹姫
島の竹林で出会った少女。
はっきりした物言いをするが、
寂しがり屋。
登場人物紹介
Main Character

ルベル
島の洞窟で出会ったアームドゴーレム。厳つく見えるが、心優しい。
キオン
ワークの使い魔となるスライム。好奇心旺盛で、明るく元気な性格。
キャニ
偶然保護した、モフモフの魔物。果物が大好きな甘えん坊。
エフ
ワークの拠点を訪れた、島で元々暮らすドワーフの姫。
タンボ・マーボ・モグタ・マツオ・イッキ
初めて島で仲間になった、五人組のモグラの魔物。

第1章　追放された建築士

「この辺りの壁《かべ》に傷《いた》みが出ているな」

俺、ワーク・ルフタは地面に膝《ひざ》をつき、壁のヒビに指を当ててそう言った。

その壁を、体長二、三十センチほどの、茶色い毛に包まれた生物がまじまじと見ている。

手にハンマーを握《にぎ》っているこの生き物は、俺のサポートをしてくれる使い魔の妖精、ブラウニーのウニだ。

「ウニュ？」

ウニはこてんっと小首を傾《かし》げるが、俺の言ったことがわからないからではなく、そうだよね？と確認するような表情だ。

「あぁ、ここはカリウムスライムのパテで埋めて、ミスリル塗料を塗って補修だな」

「ウニュ！」

ウニは丸みのある手をぐっと握りしめて、やる気を見せる。

俺はこのカルセル王国の宮殿《きゅうでん》に仕える、宮廷建築士だ。

それもただの建築士ではなく、魔力の源《みなもと》とされるマナや魔法を使った建築技術を使う、魔導建築士でもある。

この宮廷建築士の職は元々、幼い俺を拾って育ててくれた養父、ルーツのものだった。その養父は二年前、俺が二十歳の時に他界し、後をこの俺が引き継いだというわけだ。

拾ってもらった当初、見様見真似《みようみまね》で魔導建築の技術を学んだのだが、養父は俺に素質があると言って、正式に弟子として育ててくれるようになった。

養父——師匠《ししょう》は厳しかったが、同時に愛情深い人でもあった。

そして、後継《あとつ》ぎとなる子がいなかったこともあり、俺に自分の持つ技術の全てを伝授してくれた。

だけど、俺はまだまだ未熟《みじゅく》だ。

本当は、師匠から学びたいことがもっとあったんだけどな。

師匠はいつだったか、お前に教えられることはもうとっくにないし、既に私を超えている……だなんてお世辞《せじ》を言ってくれたことがあったが、今でも師匠の足元にも及ばないと、自分では思っている。

そんなことを考えつつ、俺はウニと一緒に宮殿を周り、壁や建物に出来ているひび割れや傷を修《しゅう》繕《ぜん》して回った。

すると——

「ふん。貴様は一体何をしているのだ？」

「ドワル建設大臣」

どことなく高圧的な声で呼びかけられ振り向くと、厳しい表情でこちらを見ながら赤茶色の顎《あご》ヒゲを手で擦《さす》る、ゆったりとしたローブを纏《まと》った男が立っていた。

彼はドワル。カルセル王国の建設大臣だ。文字通り、この国の建設に関することは、彼が決めている。

俺は立ち上がり、軽く頭を下げてから答える。

「ここの壁がひび割れていたので。他にも細かい箇所に傷みが出ていたので、修繕していました」

「ふん。その程度のことで随分《ずいぶん》と時間をかけているのだな。そんなもの、粘土《ねんど》でも詰めて埋《う》めておけばいいだろう」

「そんな。粘土ではその場しのぎにしかなりませんよ」

建設大臣ともあろう者がそんなことも知らないとは思えないし、多分今のは冗談だろうが、一応反論はしておく。

「塗料を塗っておけばいい。それで見栄《みば》えも良くなるではないか」

まさか本気ではないだろうけど、冗談としても笑えないので真面目に答えておく。

「見栄えだけ整っても……しっかり修繕しないと、もっと傷んでしまいますよ」

すると途端に、ドワル大臣はムスッとした顔になり、語気を強めた。

「黙《だま》れ、貴様の魂胆《こんたん》は見えてるぞ！　そうやって仕事しているフリをして、高い金をふんだくろうとしているんだろう！」

何だって⁉

「そんな、フリだなんて……前も言いましたが、この宮殿も王国の主要な建物も、私の師匠の更に二世代前の師匠が造られたものです。老朽化《ろうきゅうか》が進んでいて、あちこちが傷んでいるんですよ。いい加減、全面的な改修工事が必要だから、許可が欲しいと伝えさせて頂いたはずですが」

「あぁ、確かに聞いたよ。その見積もりも見せてもらった」

「そうですか。ではどうですか？」

「どうですかではない！　何が二十五兆コージかかります、だ！　ふざけるな、この詐欺師《さぎし》めが！」

ドワル大臣が拳を振り回し怒鳴《どな》り散らしてきた。

コージはこの国の通貨単位で、家族四人が一ヶ月暮らすのにだいたい二十五万コージ必要とされている。

それを踏まえれば、確かに二十五兆コージは莫大《ばくだい》な金額だが、これにはちゃんと理由があった。

「しかし、それでもかなり費用を抑えているのですよ？　ほぼ材料費だけみたいなところもありますし……」

「その材料費が高すぎるというのだ！　何だ、このマンクリートやら何やらわけのわからない材料は！」

ドワル大臣は唾《つば》を飛ばしながら更に叫ぶ。

何だ、と言われれば、マンクリートは従来のコンクリートに、マナを混ぜ込んだ建築資材だ。

魔導建築においては基本中の基本であり、それでいてとても重要な建築材料の一つでもある。このマンクリートを使ってこそ、建築術式を十全に建築物に組み込むことが出来るのだ。

魔導建築士の扱う建築物は規模が大きい。

この宮殿くらいの規模の建築物に術式を刻むのは、普通の魔術師や、より強い力を持つ存在である魔導師や賢者といった方でも不可能だ。

しかしそれを可能としたのが、俺が師匠から受け継いだ魔導建築の業《わざ》、そしてマンクリートをはじめとした素材なのである。

ただ、それらの素材はどうしても高価になってしまうので、修繕費用がかさむのも仕方ないだろう。

かといって、修繕しないというわけにもいかない。

この国には魔導建築によって作られた建造物が多いのだ。

宮殿や城、各種道路は勿論《もちろん》、橋や砦《とりで》、結界塔《けっかいとう》、上下水道やアリーナ、港、多目的ホール、神殿、聖堂、噴水《ふんすい》など、挙げれば切りがないほどだ。

だがそれらは全て、百年以上前に造られたものなので、耐久年数も限界に近い。

一切の手抜きも感じられない匠《たくみ》の技で作られたものだが、建築術式もそろそろ効果が切れてくる頃だ。それに、時代の流れで新たな技術が生み出された今となっては、色々手直しが必要な箇所もある。

加えて、修繕を急ぐ大きな理由の一つに、来年にはこの国で魔導大祭典が開かれる予定だというのがあった。

魔導大祭典は四年に一度開かれる魔法の祭典で、世界中から様々な要人が集まる。賢者や魔導師といった大物もやってくるし、魔法の実力を競う大会などの大掛かりなイベントも開かれるのだ。

開催地に選ばれることがそもそも名誉なことだが、しかしこのまま傷んだ建造物を放っておいたら当然、影響《えいきょう》が出るだろう。

だからこそ、ここで一度思い切った全面的な改修工事が必要と判断したのだが……

ドワル大臣にはその考えが上手く伝わっていないらしい。

「とにかくだ。そんなもの認められん」

「しかし、そうなると、今のように細かい修繕をし続けなければいけません。今直した分だけでも五万コージかかります。こういったのが何箇所も出てくると、この宮殿だけでもかかる費用は毎月五千二百万コージ。更に、このまま放置していては、状況が悪化してこの三倍はかかるようになります。国全体で考えたら、今のうちに予算を組んで手を付けていった方が間違いないと思いますが」

「ウニュッ！」

俺の足元ではウニがそうだそうだ、と言わんばかりに腕を振り上げていた。

「黙れ黙れ！　もう我慢ならん！　このことは陛下に報告させてもらうからな！」

ところがドワル大臣は俺の言葉を聞かず、大股歩《おおまたある》きで立ち去ってしまった。

しかし弱ったな。魔導建築は特殊な技術が必要だから、誰でも出来るというものではない。どうしても俺がメインで動く必要が出てくる。

今も一応、他の職人に出来る作業は頼むようにしているが、正直に言ってしまえば、この国の職人の技術はそこまで高くない。

俺の助手を務められる人材もいないので、そこはウニに頼りっきりになってしまっているほどだ。

俺はドワル大臣の背中を見ながら、小さく呟《つぶや》いた。

「ままならないものだな」

「ウニュ～……」


そして俺はある日、王に直接呼ばれ、謁見室に赴《おもむ》いた。

俺の目の前にいる王はまだ若く、年も三十歳手前といったところだ。

先代の王は数年前、まだ師匠が生きていた頃に、六十歳を目前にして突如《とつじょ》体調を崩し、そのまま崩御《ほうぎょ》されてしまった。そのため、嫡男《ちゃくなん》が即位されたのである。

そんな王が、玉座の前で片膝《かたひざ》を突く俺を見下しながら口を開く。

「ワークよ。大臣から話を聞いたが、お主、普段から仕事をしたフリだけをしている分際で、随分と偉そうなことを言っているようだな」

「そんな、偉そうなことだなんて。私は……」

「言い訳をするな。貴様が作成した見積もりを私も読ませてもらったが、とんでもない金額すぎて、冗談だとばかり思っておったぞ。しかし、大臣によると貴様、本気だと言うではないか」

「勿論、嘘《うそ》は申し上げません」

あれでも俺は頑張って費用は抑えた方だ。

だいたい、この国の現在の発展は、百年前の魔導建築の技術のおかげなのだ。

かつては田舎《いなか》の小国と馬鹿にされていたこの国も、魔導建築によって道路が生まれ変わり、線路が敷かれ魔導列車が走るようになり、多くの魔導式工場によって生産性も上がった。

それらによって生まれた利益は、この百年で相当なものになっているはずだ。

確かに二十五兆コージは大金だが、これまでの利益はもっと大きいし、この国の経済のこれからのことを考えれば、必要な出費だろう。

しかしそこで、ドワル大臣が俺と王に何か書類を渡してきた。

「ワーク。貴様に現実を教えてやる。これは、私が別の業者に頼んで作らせた新たな見積書だ、見てみろ……陛下もどうぞお納めください」

「うむ――むっ！　何と、二百五十億コージだと？　これで済むというのか？」

「はい。これで十分だと業者は言っております」

二百五十億だって？　そんな馬鹿な。流石《さすが》にありえない。

俺はそう思いつつ、大臣の差し出してきた見積もりに目を通して、クラクラしてしまった。

なぜならば、俺の出した見積もりとは全く違い、必要な工事箇所の数が圧倒的に少なく、また素材にも問題がある。

この大臣は本気で、これで何とかなると思っているのか？

そんな俺の反応に気づかず、王は上機嫌になる。

「素晴らしい。そしてやはり貴様の見積もりはデタラメだったか」

「違います。そもそもこれは内容そのものが全く異なっている。こんなのはフェアではない」

通常相見積もりというものは条件を同じにして行うものだ。中身が全く別物では意味をなさない。

「黙れ、何がフェアだ。内容が異なっているのではない。お前の見積もりがふざけすぎているのだ」

「うむ。これは間違いないな。やはり大臣の言った通りであったか」

言った通り？　ドワル大臣は国王に何か吹き込んでいたのか？

「私は前々から怪しんでいたのだ。貴様がいつも出してきているのは、水増し請求なのではないかとな」

「水増しですって!?」

「ウニュー！」

つい怒りが声に乗ってしまったが、それはウニも同じだったようだ。腕をブンブン振り回して茶色い毛が逆立っている。

「何だ、その顔は？　これを見れば明らかであろう。貴様の見積もりは金額も含めてデタラメすぎる。疑いようのない事実だ」

そんな、まさか王まで大臣のこのデタラメな見積書を信じるなんて……

俺があまりのショックに何も言えないでいると、ドワル大臣が口を開く。

「さて、お前が行ったのは水増し請求による横領《おうりょう》だ。当然詐欺罪となり重罪だ」

「待ってください。私は詐欺なんて！」

「黙れ！　この見積もりが全てを語っているのだ。更に言えば、貴様の普段のふざけた勤務態度も問題になっているんだぞ！」

ドワル大臣の言葉に王も深く頷《うなず》く。

勤務態度だって？　全く身に覚えがないんだが……

しかし王は俺を見据える。

「本来ならば、このまま罪人として処刑してやりたいところだが……一応は私の父も魔導建築士には世話になったしな。それを配慮して、追放処分で許してやろう」

「追放。それは本気で言っているのですか？」

「貴様！　陛下による決定を不服というのか！」

ドワル大臣が俺の言葉に噛《か》みついてくるが、無視して話を続ける。

「……念のための確認ですが、私を追放するということは、建設大臣の出した見積書に沿って施工するということですか？」

「当然そうなるであろうな」

「この先、とんでもないことになりますよ？」

「何？」

王が怪訝《けげん》な表情で問い返してきた。

ドワル大臣も、何を言っているんだこいつは？　という目でこっちを見ている。

「何がとんでもないだ。お前の頭の方がとんでもないだろう」

「冗談で言っているわけじゃありません。例えば、この見積もりには材料として魔石綿《ませきめん》が記載されています」

俺は大臣の見積書を手で打ち鳴らしながら指摘した。大臣は不満そうな顔をしている。

「それの何が悪い？　この魔石綿は画期的な代物《しろもの》で、奇跡の鉱物《こうぶつ》とまで言われている。安価で万能。防音性、耐熱性、耐魔性とあらゆる面で優れている。むしろ使わない方がおかしいぐらいだ」

「確かに魔石が繊維質《せんいしつ》になったこの素材は、一度発掘されるとその周囲に大量に眠っていることが多いため価格も安く抑えられますし、今言ったように多機能で万能に思えます……一見は」

魔石というのは魔力がよく馴染《なじ》んだ石状の物質を指す。地中に鉱床があったり、一部の魔物の体内から獲れたりする。魔導建築にも何かと使える便利なものだ。

「何だ。それなら何の問題もないではないか」

「それがそうではないのです。繊維化した魔石は空中に飛散しやすく、それを人間が吸引してしまえば魔力障害を引き起こし、人体に多大な影響を与えるのです」

魔力障害は体内の各種器官にも悪影響を及ぼす。肺炎を引き起こすこともあれば内臓の損傷、神経の裂傷《れっしょう》、血液の逆流などなど、挙げればきりがない。

それに魔力障害を引き起こした魔術師は、まともに魔法を行使出来なくなる。

最悪、死に至ることもあるのだから、看過《かんか》出来ない問題である。

「そんなのはデタラメだ！　陛下。こんな奴の与太話《よたばなし》を信じてはいけません。この素材を使ったことがあるという職人からも、特に問題があるとは聞いておりません」

ドワル大臣が自信満々に王に説明しているが、魔石綿の障害は静かなる呪いと呼ばれていて、すぐに影響が出るものではない。

しかし真綿で首を絞めるようにゆっくりと症状が進行していくため、気づいた時には手遅れになっていることも多いのだ。

そんなことも知らず、ドワル大臣は言葉を続ける。

「陛下。この男は、この魔石綿を他の職人に薦められた際、駄目だ駄目だの一点張りで、取り合うことすらなかったと言うのです。その職人は、何でこれだけ安価で便利な素材があるのに、それよりはるかに高価なミスリルウールなんて使用するのかと、不思議がっていました」

ミスリルウールとは、ミスリルという金属を人工的に繊維化させたものだ。

ミスリルは一般的には高価な装備品の素材として知られているが、特殊な溶魔液に漬け込むことで溶かすことが出来る。

ミスリルは魔力伝導率の調整が比較的容易に行える金属で、それを繊維化して扱いやすくしたミスリルウールは、魔導建築には欠かせない素材である。

確かに高価だが勝手に飛散することがなく、健康被害の心配はない。

マンクリートもそうだが、たとえ高価な素材でも、この国を維持するには必須だ。

しかしどうやら、このドワル大臣の見積もりによると、ミスリルは一切使わず従来のコンクリートで改築を進めていくらしい。

コンクリートは、かつてはよく使われていたが、残念ながら魔法に対しては非常に脆《もろ》いという特性がある。そのため、魔導建築士の使う建築術式には耐えることが出来ないのである。

俺は、これらのことを、王と大臣に出来るだけわかりやすく説明したのだが——

「ふん。何が建築術式だ。だいたい魔導建築というのがそもそも胡散臭《うさんくさ》いのだ。私の知っている魔術師に聞いたら、コンクリートにも魔法陣を描くことが可能だと言っていたぞ！」

ドワル大臣は顔を真っ赤にしてそう怒鳴ってきた。かなり感情的になってるな。

「そもそも魔法陣と言っている時点でズレています。魔法陣は小規模な範囲に効果を及ぼすためにあるもので、こういった規模の大きな構造物には対応出来ませんよ」

「黙れ！　私の知る高名な魔術師が出来ると言っているのだ！　しかも貴様一人を雇い続けるよりも安価でな！」

「ドワル大臣、落ち着いて聞いてください。建築術式の効果は絶大です。本来この国は、自然災害が多く、精霊の怒りとされる巨大台風に見舞われたり、地震が起こりやすかったりします。ですが魔導建築のおかげで、その被害がほとんど抑えられているんですよ」

先代たちが魔導建築を広める前のこの国が発展しなかったのは、多くの災害に見舞われていたからという理由が大きい。

特に巨大台風は、精霊の怒りと呼ばれるだけあって、その風はマナの濁流《だくりゅう》となっていて、従来の城壁では防ぎきれない。しかしこの王都の城壁は、建築術式のおかげで頑強になっているためにマナの影響を受けないのだ。

地震にしても、地層安定機という魔導建築による装置を宮殿の地下に設置したり、建物に免震効果を付与したりしているので、被害がかなり軽減されている。もしこれらがなかったら、王都はとっくの昔に崩壊していただろう。

それらの自然災害以外にも、天災級《てんさいきゅう》とされる凶悪な魔物や魔獣、竜がやってくることもあるが、魔導建築で作られた結界塔という装置や城壁のおかげで、撃退してこられた。

だが、それも限界が近づいているのだ。今しっかり対策しなければ手遅れになる。

この国の東には暴食竜《ぼうしょくりゅう》という凶悪な竜だっている。もし結界が消えてしまえば、これ幸いと飛んでくることだろう。

ちなみに、魔物というのは魔力を多く持つ生物のことで、魔獣というのはその中でも更に強力な種族のことだ。

しかし、ドワル大臣が笑い声を上げた。

「ははは、台風、地震？　これはお笑いだ。つまり貴様はこう言うのだな？　宮廷建築士が……自分がいるからこそ、この国は台風にも見舞われず地震の影響も受けないのだ、と？」

「そうです」

今は俺が受け継いでいるというだけで、代々伝わる魔導建築のおかげというのが正確だけどな。

しかしドワル大臣は、俺の返事が気に入らなかったらしい。

「ふざけるな！　そんな戯言、誰が信じるものか！　――陛下、これで理解出来たかと思います。こいつはとんだホラ吹きです。疑う余地はないかと」

「うむ。そうであるな。ワークよ、本日付で宮廷建築士を解任し、この王都から追放とする。王国の土地を踏むことも許さん、どこぞの島へでも行くがよい。三日以内に出ていくのだ。いいな！」

「まぁ、せいぜい自慢の魔導建築で船でも造って、おとなしく国から出ていくのだな。アッハッハ！」

俺の意見や忠告は一切聞き入れてもらえず、王の決定で追放となってしまった。

しかも、王国の土地を踏むことすら許さずに島へ追放って……ちょっと酷すぎないか？

なんて思うが、これ以上言っても無駄だと思った俺は、そのまま謁見室を後にした。

宮殿の出口へ向けて俺が廊下《ろうか》を歩いていると、屈強な男たちを従えた中年の男が正面からやってきて、声を掛けてきた。

「へへ、お前か。魔導建築士なんてふざけた肩書を持ってた詐欺野郎は」

「貴方たちは？」

「俺は今日からこの国の施工関係を請け負うことになったアバネ組の棟梁《とうりょう》だ」

なるほど。

このアバネ組という奴らがあの見積書を……それにしても、後ろにいるのは職人連中だろうか？

こっちをジロジロ見たり小馬鹿にしたように笑ってきたりと、態度が悪い。

「ま、ここから先は俺らがしっかり引き継いでやる。お前みたいな金食い虫の無能は、さっさとここから消えるんだな」

棟梁がにやにやと下卑《げび》た笑みを浮かべて、シッシと手を振った。俺の足元では、ウニが顔を険しくさせている。

さっきまでは王の前だったので言葉遣いに気をつけていたが、こいつら相手に気を遣う必要もなさそうなので素の俺口調に戻す。

「……一応忠告だが、あの見積書通りにやるつもりならやめておくんだな。今からでも計画を練り直した方がいい。取り返しのつかないことになるぞ？」

こんな連中に教えてやる義理もないが、国全体に関わることだからな。俺はこの国から去ることだし、最後に一応は伝えておいてやる。

「かかか、おい聞いたか？　取り返しのつかないことになるだとよ？」

「まったく面白い冗談だ」

「取り返しのつかないのは一体どっちだって話だ」

「てめぇの脳みそが取り返しがつかねぇんだろうが」

だが連中は聞く耳持たずといった様子で、小馬鹿にしたようにゲラゲラと笑い出す。

……大臣は本気でこんな胡散臭《うさんくさ》い連中に頼むつもりか？

「ウニィ！　ウニィ！」

するとウニが前に出て、抗議するように声を張り上げた。ウニだけは俺が間違っていないことをわかってくれている。

「チッ、何だこのけったいな化け物は」

「化け物じゃない。俺の大事なパートナーのウニだ」

「は、何がウニだ。棘《とげ》のねぇウニなんて怖くねぇんだよ！　叩《たた》き潰《つぶ》してやる！」

すると男の一人が、肩に担いでいた大槌《おおつち》をウニに向けて振り下ろした。何てことをするんだ！

「建築術式・防壁！」

俺はすぐさま建築術式を行使。床の一部が盛り上がったかと思うとウニを覆う壁となり、振り下ろされた一撃を防いだ。

「な、何だ？　ぐへっ！」

続けざまに、壁が更に変形して拳が飛び出し、男が殴られ吹っ飛んだ。

この宮殿は魔導建築によって造られており、俺はどんな術式が仕込まれているか全てを把握している。

床の変形程度、どうということはないのだ。

「床が変形しただと？」

「いざという時には、王や大臣、宮殿の使用人を守れるよう術式を構築してある」

俺があっさりと答えると、棟梁は顔を赤くする。

「ふざけるな、よくも仲間を！」

「先に手を出したのはそっちだろう」

そしてウニに怪我《けが》がないか確認する。

「大丈夫か？」

「ウニュ～」

良かった、特に怪我はなさそうだ。向こうは鼻の骨ぐらい砕けたかもしれないが、先に仕掛けてきたのだからそれぐらい当然だ。

俺は棟梁に向き直って言い捨てる。

「いいか、あんたらはこれらを全て改修しないといけないんだ。わかったら計画から詰め直すことだな」

「……チッ、生意気なガキだ。だいたい、術式は俺らの仕事じゃねぇんだよ。今は分担作業が基本だ、専門の連中に任せるさ……おい、行くぞ。お前もいつまでもひっくりかえってんじゃねぇ」

「へ、へい！　畜生が……」

ウニを攻撃してきた奴は鼻を押さえてこっちを睨《にら》んできたが、棟梁の言葉におとなしく従う。

しかし、分担作業か。

俺だって、それが出来ればどれだけ良かったか。だが、残念ながら周りの理解は得られなかったというのが実際のところだ。

元々はこうではなかった。

先代の王は、魔導建築士に理解があって、腕の立つ職人も用意してくれた。

だが今の王に変わってからは、費用が高い職人は不要だと解雇、国外追放処分とされた。今の王はとにかく、先代の大切にしていた人間などが気に入らないようである。

そのせいで、残った職人はいい加減な仕事しかしない者ばかり。

更に、こんな連中が俺の後を引き継ぐなんてな。

しかし……こいつらがあの魔石綿を使うのか？　あれは扱う職人に最も影響を及ぼすというのに。

まぁ、もはや知ったことではない。一応忠告はしたんだしな。

そう思い、俺はその場から去ろうとする。

「あぁそうだ。俺からも一つ忠告しておいてやるよ。外に出たらせいぜい気をつけるこった。お前さん、随分な人気者のようだからな」

去り際にアバネ組の棟梁がそんなことを言ってきた。

人気？　俺にはこの男の言っていることが全く理解出来なかった。

だが、それも宮殿の外に出てすぐに、何のことかわかった。

「おい出てきたぞ！」

「魔導建築なんてデタラメで、とんでもない水増し請求をして私腹を肥《こ》やしていたらしいぞ。おかげで俺たちの税金が上がったそうだ」

「この税金泥棒！」

「石を投げてやれ！」

「さっさと国から出ていけこの屑《くず》！」

「死刑にならなかっただけありがたいと思いなさい！」

「むしろ俺らが殺してやるよ！」

「そうだ、殺せ殺せ！」

「国家に反逆したクズは抹殺《まっさつ》しろー！」

宮殿から一歩出た途端、とんでもない罵詈雑言《ばりぞうごん》を浴びせられ、殺気立った住人たちが一斉に石を投げてきたのだ。

「ウニィ！　ウニィ！」

「まずいな。さっさと離れよう」

俺はウニを肩に乗せ、走り出す。

「あ、逃げたぞ！　追えー！」

「五体満足でこの国から出すなー！」

まったく、何だってんだ。全員ドワル大臣の言葉を信じているんだろうか？

俺は街中を走りながらため息をつく。

この国がこんなことになっているだなんて……いや、わかっていたことか。

師匠は今際《いまわ》の際、『王が変わって、この国はもうダメだ』と嘆いていた。そして、『いざとなったらこの国を出て好きに生きろ』とも言っていた。

きっとこうなることを、師匠は――父さんは予感していたのかもしれない。

「ウニュ～」

「あぁ、もうここにはいられない。すぐに出ていこう」

「いたぞ、追えー！」

「ひゃっはー！　任せろ、俺ら冒険者がその首刎《は》ねてやる！」

魔術師や戦士らしい出で立ちの冒険者も、声を上げながら追ってきた。

このままじゃ追いつかれるが、問題ない。

あのドワル大臣との言い合い以来、こんなこともあろうかと、形状変化機構つきのとある装置を作っておいたのだ。

俺は腕に嵌《は》めた腕輪を撫《な》で、建築術式を使用する。

その途端、腕輪が俺の腕から外れ、展開し始めた。

そしてその場に現れたのは——

「な！　魔導車だと！　一体どこから出しやがった！」

驚く声が聞こえたが構ってられない。車にウニと乗り込みアクセルを踏んで急加速。

魔導車とは、魔導建築の技術で生まれた、四つのタイヤと鉄の車体を持ち、魔力によって走行する機械だ。

人の移動や運搬《うんぱん》に革命をもたらしたと言われているが、この国ではまともに作れる職人はいない。

そのため出回っている数はまだまだ少なく、馬車と併存《へいぞん》しているのが現状である。

そして俺が今回展開したのは、そういった一般的な魔導車とは異なる、魔導作業車というものだ。

装甲が厚く頑丈な作りになっていて、悪路をものともせず走れるので、どんな現場でも対応出来る利便さが特徴となっている。

……そういえばドワル大臣、この魔導車とか魔導列車とか、他国に輸出したいと言っていたな。

まあ、作れる者やメンテナンス出来る者がいないから無理とは伝えておいたけどな。

「逃さねぇぞ！」

「ウニュッ⁉」

「あぁ、魔導バイクか」

魔導作業車を追いかけてきたのは、二輪で動く魔導車の亜種、魔導バイクだった。

ペダルでこぐ人力の自転車というのがあるが、魔導バイクはそれを自動化したものだ。

魔導車よりは簡易な建築術式で作れることもあって安価なので、ある程度稼げるようになった冒険者は購入することが多い。何なら、そっち系のマニアというのも存在する。

しかし俺たちを追っている連中のバイクはブォンブォブォブォンブォンとうるさい。

本来魔導バイクはこんな音は出ないのだが、どうやらバイク好きの間では、あえて音が出るよう改造してしまう者もいるようだ。

「撃ち殺せ！」

バイクに跨《また》った連中は、魔導弓や魔導銃で攻撃してきた。

魔導弓も魔導銃も、魔導建築の副産物として生まれた。

魔導弓は従来の弓に魔導の力を取り入れたもの。少ない力でより強いパワーを生み出せる。

魔導銃は円錐状《えんすいじょう》の金属の弾――魔導弾を発射する武器だ。これは魔法が使えない者でも、組み込む弾丸次第でその力が発揮出来るという特徴がある。

俺の操る車に矢や弾丸が当たる。爆発も起きたりしたが――

「な、無傷だと！」

そう、無傷だった。

この魔導作業車は魔物や魔獣、竜が現れるような危険地帯でも建築作業が出来るように装甲を厚くしている上、建築術式で強化されている。この装甲はそう簡単には破れない。

「だがそっちは海だぞ！」

「逃げられないわ！」

「ウニュッ!?」

バイクの連中がそんな声を上げ、ウニが焦りを見せる。

確かに俺たちは港まで来ていて、正面には海が広がっていた。

だが大丈夫だ、と俺は助手席に座るウニの頭を撫でた。さて、とりあえず追いかけてくる連中はうざったいから何とかしよう。

「ポチッとな」

運転席に備え付けられたボタンを押すと、魔導作業車の後ろからホースが伸び、そこから大量の油――建築でも役立つ潤滑油《じゅんかつゆ》を撒《ま》き散《ち》らす。

「おわ、な、何だ！」

「す、滑るぅぅううう！」

後ろから来ていたバイク連中はスリップし、バイク同士がぶつかり合って転倒、激しく車体が損傷する。おまけに元の造りが悪いからかそのまま爆発炎上した。

災難なこって。ま、自業自得だろうな。

そんなことを思いながら、俺は魔導作業車で港から海に向かって大きくダイブする！

後方から王国民の歓声が響き渡る。海に落ちて終わりだと思ったのだろう。

だが魔導作業車は空中でその形を変え、一瞬にして一隻《いっせき》の船になった。

海上での工事にも使える、魔導作業船。海のマナの流れを操作することで移動出来る代物だ。

「「「「「なにぃいいぃぃいいいい!?」」」」」

人々の驚く声が港から聞こえた。

俺は甲板に出て、離れてゆく王都の港を眺める。

「この卑怯者《ひきょうもの》！」

「税金泥棒が！」

「沈没しろ！」

「島で野垂《のた》れ死ね！」

まったく、ひどい言われようだ。

カルセル王国の発展に、魔導建築士は必要不可欠だった。

だけど、王も大臣も王国の人々も、それを全て否定してしまった。

この先、一体あの国はどうなるのやら……術式が切れた時、何の対策も出来ていなければタダじゃ済まないだろうに。

ま、もう流石に俺も気にしていられないな。ここからは自分のことを優先させないと。

「ここからは一人で頑張らないとな」

「ウニュ！　ウニュ〜！」

「おっと、ごめんごめん。ウニと二人でだな」

「ウニュ〜♪」

すり寄ってくるウニの頭を撫でながら、俺はどこへ向かおうかと考えた。

魔導作業船の中に戻り、魔導レーダーで周辺の地図を展開する。

ふむ、どうやらここから北東に進んだ先に島があるようだ。

「とりあえず、まずはこの島に向かってみるか？」

「ウニュ〜」

そして俺は船を操り、まだ見ぬ島へと向かうことを決めたのだった。

◇　◆　◇

「ドワル大臣。どうやらワークは船で出航したようです」

「チッ、せっかく噂《うわさ》を流して暴動を引き起こし、冒険者まで雇ったというのに、市街では殺せなかったか」

部下からの報告を受け、ドワルは悔しそうに爪《つめ》を噛んだ。

「生き延びられて面倒なことになっても困るんじゃなかったでしたっけ？」

そんな彼に語りかけるのは、アバネ組の棟梁だ。彼もまた、大臣のたくらみを知っていた。

「ま、問題ないさ。念のため海賊にも声を掛けておいたからな。逃げ場もない海で、藻屑《もくず》となって消えるだけだ」

「へ、流石見積もりをごまかすだけある。悪知恵は働きますね」

「ふん。そのことは外では言うなよ。これぐらいの旨味がなければ、大臣などやっていられないからな。来年には魔導大祭典も開かれるが、あいつが消えてくれたおかげで色々と融通《ゆうずう》が利きそうだ」

そう言ってドワルがほくそ笑む。

王に見せた見積もりは、実は本来のアバネ組のそれよりもやや高くなっていた。その差額を、自らの懐に収めようと考えていたのだ。

なんてことはない。結局のところ、見積もりをごまかして私腹を肥やそうとしていたのは、このドワルなのである。

「くくっ、どっちにしろ邪魔者は消えた。あいつが渋っていた魔導車や魔導バイクの輸出にも、これで手がつけられる。何が他国じゃまともに動かないだ、馬鹿が！　物さえあればどうとでもなるのだよ、どうとでもな！」

ドワルはワークの残した建築技術すらも全て自分のものとし、荒稼ぎするつもりだった。

しかし、ドワルは理解していない。

これらは全て、魔導建築士としての知識と技術を受け継いだワークがいたからこそ、十全に機能していたのだということを。

それらを全て無視すればどうなるか、今のドワルは知る由《よし》もない——

第2章　魔導建築士、大海に出る

俺、ワークを乗せた魔導作業船は悠々《ゆうゆう》と海を進んでいた。

「そこの船、止まりやがれー！」

突然叫び声が聞こえたので甲板《かんぱん》に出てみると、骸骨《がいこつ》の旗《はた》を掲げた船が五隻、俺たちの船に近づいてきていた。

海賊船《かいぞくせん》か……しかし俺の船は、連中が通常狙うような商船ではない。

商船だったら護衛船を付けてるし、どう見ても一隻でしかないこの船を狙う理由なんてない気もするけどな。

仕方ないな。俺は船に備わった拡声器で海賊船に向けて訴える。

『あ、あ～。海賊に告ぐ。この船を襲ったところで得られるものはないぞ～。ただ痛い目を見るだけだからやめておきたまえ』

さて、忠告は終わった。後は船に備え付けの集音機能をオンにして、海賊の様子を探ってみる。

「馬鹿かあいつは。俺らの目的はあいつを海の藻屑にすることだってのに」

「構うことはねぇ。さっさと大砲ぶっ放せよ」

「てか、あの船、帆《ほ》がなくね？　どうやってここまで進んできたんだ？」

「急ごしらえで作ったからだろうさ、ここまで進めたのも運が良かっただけだ。放っておいても沈みそうだが、生きながらえられても面倒だしな」

「あんな中途半端な船を沈めるだけで五百万コージも手に入るなんて、楽勝な仕事だな」

ふむ……どうやらあの海賊船は略奪《りゃくだつ》目的じゃなくて、俺たちの命が狙いのようだ。

しかし何だって俺の命を狙う？　……いや、国王やあの大臣のことだ、徹底的に俺を消そうとしているんだろうな。追放ってのは建前で、本当は始末したかったのかもしれないな。

悲しい話だ……あくまで憶測《おくそく》だけど。

それにしても、帆がないぐらいでそこまで驚くとは。確かに連中の船やカルセル王国のほどんどの船は帆船《はんせん》だけどさ。この船だって、同じようなものを海上作業で使ったことがあるんだが。

ちなみに、海賊船はあのタイプなら出てもせいぜい速度は十五ノット——時速三十キロ弱といったところだが、俺の魔導船ならその十倍は出る。

「撃て撃てぇぇぇぇぇぇぇ！」

「ウニョ!?」

そんなことを考えていたら奴らが海賊船から大砲をぶっ放してきて、ウニが驚きの声を上げる。

だけど、何とも旧式な大砲だ。

大砲に込めた鉄の砲弾を火薬で飛ばすだけだし、ちょっと強力な投石機みたいなもんだ。

砲弾が水柱を上げると、海賊どもの歓喜する声が聞こえてきた。

「よっしゃー。命中したぜぇぇぇぇ！」

「これで木端微塵《こっぱみじん》だな！」

水柱のほとんどは俺の船の手前に着水したものだし、確かに船体にも当たったが、避けなかったのはその必要がなかったからだ。

じきに水柱が収まると、海賊たちがぎゃあぎゃあと叫び始めた。

「お、おい見ろよ！」

「い、一体どうなってるんだ？　沈むどころか傷一つついてないぞ！」

それは当然だ。

この船にも建築術式による強化がふんだんに取り入れてある。海の魔物や海竜――海に棲《す》む竜に襲われても平気なぐらいには。

ともかく、流石に砲撃を喰《く》らって黙っていられるほど、俺は人間が出来ていない。

「ウニィ！」

「あぁ、しっかり反撃させてもらうさ」

ウニもぴょんぴょんっと飛び跳ねながら怒りを露《あら》わにしていた。

海賊なんて存在は、百害あって一利なしだ。俺は船室に戻ると、パネルを操作し船のモードを変えた。

「親分！　あの船、何か形が変わってませんかい？」

「こ、虚仮威《こけおど》しだ！」

海賊たちの焦った声が聞こえてくる。どうやら船の変化に気がついたようだな。

この魔導作業船はモードで形も変わる。そして今俺が選んだのは砕氷船《さいひょうせん》モード。

かつて異常気象で王都の港周辺の海が凍《こお》りついたことがあって、その時に対策として開発したモードだ。港の海が分厚い氷の海に変化したが、これのおかげで氷を砕くことが出来た。

そしてその力は、海戦でも役立つ。

「行くぞ！　全速前進！」

スピードを上げ、船が突き進む。

「す、すげぇスピードで突っ込んでくるぞ！」

「だ、大丈夫だ！　この船の装甲は厚い！」

そうか？　そうは見えないけどな。

砕氷船モードの時の魔導作業船では、『バルパス・バウ』と呼ばれる大きな球状の突起が、船首の喫水線《きっすいせん》下に突き出る。

これにより波の抵抗が減り、更に突進力を増すことが出来る！　威力も倍増だ！

「喰らえ！　砕氷クラッーーーーーシュ！」

「「「うわあぁあぁあぁあああ!?」」」

魔導作業船の突撃によって、五隻の海賊船のうち三隻が大破した。

うまく避けたようで、左右に散った二隻は残っている。しかもその片方に、この海賊の長が乗っているようだ。

「やべぇぞ！　ありゃ化け物だ、逃げろ！」

「急げ急げ！」

ふむ、どうやら逃げ出すつもりのようだが……逃がすわけがない。

再びパネルを操作し、建築作業モードに変更する。

このモードでは、海水を吸い上げる強力な魔導ポンプと、吸い上げた海水を放水する設備――魔導放水砲が備わっている。

本来、海上の建築物で火災が起きた時に対応するための装備だが、圧力を上げれば十分武器としても使えるのだ。

俺は残りの海賊船に砲身を向けて、高圧力の水を射出！

建築術式で魔力も帯びた水は、まるでレーザーのように直進し海賊船を破壊していく。

「な、何だこりゃ！」

「水が何でこんなに、ひぃいいいいい！」

「竜だ！　あれはきっと船の見た目の竜なんだぁあああぁああ！」

海賊たちの悲鳴と共にあっという間に二隻とも沈没し、これで海賊船は全て大破した。

海の藻屑にしてやるとか息巻いてたけど、そうなったのは海賊の方だったな。

やれやれ、これで安全に進めるな。

ウニが今度はぴょんぴょんっと飛び跳ねて喜びを表現していた。

「あぁ、全滅だな」

「ウニュ〜！」


海賊たちを撃退した後、俺は目標の島に向かってゆったりと船を進めた。

急ごうと思えばいくらでも速度は出るが、慌てる旅でもない。

一日目の夜、俺はウニと一緒に甲板に出て空を眺める。

「月が綺麗《きれい》だな」

「ウニュ〜」

甲板で大の字になって空いっぱいに広がる星の天井と月を見た。

月と星の光は、マナの反応によるものだと言われている。

より明るい星ほど、マナに満たされているんだそうだ。特に月はマナが多いため強く輝いており、地上のマナの源は月であるという論文も存在するんだとか。

まあ、小難しいことは俺にはわからない。

俺は寝転がりながら、隣のウニを撫でてやる。

「ウニュ～♪」

とても気持ちよさそうな声を上げるウニの毛は柔らかくて、いいもふもふ具合である。

目的の島は、このまま進めば後二日ってところかな。

船内には食料もあるし、海水から飲料水を作り出す機能もある。

とりあえず、島に着くまで問題なさそうだし、星空も満喫出来た。

「さて、そろそろ寝るか」

「ウニ～」

船内に戻った俺とウニは、備え付けのベッドで眠ることにした。

翌朝、シャワーを浴びすっきりしてから朝食をとり、早速出発する。

操縦室で魔導モニターを確認しながら進んでいく。

魔導モニターは外の状況をレーダーやマナの流れから読み取り、透明の板に映す仕組みだ。

しばらく進んだ頃、ウニがレーダーに可愛らしい手を向けて俺に訴えてきた。

「ウニィ！」

「うん？　あぁ、確かに反応があるな」

画面を見ると反応が五つ、ここから北西側だ。

おそらく四つは船のようだが……もう一つは生体反応だな。しかもまあまあの大物だ。

生体反応は忙《せわ》しなく動いており、どうやら暴れているらしい。

穏やかな雰囲気ではないな。

さて、どうするか。

見て見ぬ振りをするという手もあるが――やっぱり放ってはおけないか。

「ウニ、ちょっと寄り道するけど良いか？」

「ウニュッ！」

ウニも理解してくれたようだ。

俺は生体反応に向けて進路を変えた。この船は自動操縦機能もあるので、目標地点を設定して、まっすぐにそこへ進んでもらうことも出来る。

速度を上げて船が進む。

ある程度近づいたところで、甲板に出た。画面で確認してもいいが、目視した方が状況はわかりやすい。

「あれは……首長竜《くびながりゅう》か」

四隻の船に襲いかかっている首長竜が見えた。

首長竜は海竜の一種だ。長い首を振り回して攻撃を仕掛けてきたり、強靭《きょうじん》な顎《あご》で船を噛み砕いたりしてくる、凶暴な魔物だ。

様子を見るに、船にとって状況はよくないな。

大砲を積んでいるが、海賊が使っていたのと同じ旧式のようだ。数は海賊船より多いが、相手が首長竜と考えるとちょっと心許ない装備だ。

首長竜の皮膚《ひふ》は厚く、竜種だけあって魔力もそれなりに高い。

もっとも、魔力を器用に扱える種族ではないので、肉体を強化する程度の使い方しかしていないが……それでもあの程度の帆船なら軽々と破壊出来てしまうだろう。

俺の操るこの船のように魔導の力を利用した船でなければ、船の装甲にも限界があるからな。あの船も鉄板である程度補強されているようだが、ベースは木だ。

魔術師が同行しているのか、大砲の威力を魔法で高めるなどの対応はしているようだが、それでも首長竜にはほとんどダメージがない。

防御にも魔法を利用しているようだが、魔法陣を展開させての装甲の強化は非常に限定的だ。魔法陣の効果範囲はそこまで広くないし、無理して広げようとすれば効果が著《いちじる》しく落ちてしまう。

このままだと四隻とも沈没させられるのは目に見えているから、助け舟を出すとするか。

俺はパネルを操作して船のモードを変えてから速度を上げて、首長竜と船団の中に飛び込んでいく。

「な、何だ、何かが近づいてきてるぞ！」

「まさか、何だあの首は！　新手か！」

船員の慌てる声が聞こえた。

だけど彼らに見えているのは首ではない。対海竜用に、魔導作業船にクレーンやアームを設置し、それを伸ばしたんだ。

ちなみに、クレーンの竿《さお》のように伸縮《しんしゅく》する部位のことを、ブームと呼ぶ。

直後、首長竜が一隻に向けて首を大きく振った。

絶望したような声が、狙われた船から聞こえる。

「うわぁあぁああ！　もう駄目だー！」

――ガキィイィイィイン！

「――ッ!?」

だがしかし、首長竜の振った太い首が当たったのは船ではなかった。

俺が操作したアームとバケット――重機の先端に付ける、鉱石や土砂などを入れて運搬するための歯つきの籠《かご》のようなもので防いだのだ。

当然これも、簡単には壊れない強力な代物だ。

「何だあれは！」

「鋼鉄の牙か!?」

船員たちが驚いている。鋼鉄の牙か。ちょっとおもしろく思えてしまった。確かに見ようによってはそう見える。

すると集音装置が船内の声を拾った。

「い、一体どうなってるのですか？」

「わかりませんが姫、どうやら船は何かに守られているようですぞ」

うん？　今、姫って言ったか？

う～ん、そう言われて改めて船を見れば、旧式とは言え、ちょっと豪奢《ごうしゃ》な気もしてきた。

ま、いいか。とりあえず今は首長竜を何とかするのが先だな。

俺はクレーンのブームを伸ばし、先端に装着している解体工事用の鉄球を振り回して首長竜を攻撃する。

――ガンガン、ドゴンッ！

「ギャァアァアオォオォオォオォオオ！」

首長竜は悲鳴を上げて下がっていくと、少し距離をおいた辺りで唸《うな》りながらこちらを睨んでくる。

その位置なら鉄球が当たらずに安全だと思ったのかもしれないが……甘い！

俺が船のパネルを操作すると、甲板に杭打機《くいうちき》が出現した。

本来は海底にアンカーを打ち込む建設装備だが、今回は下ではなく前方に向かって設置する。

「魔導式射出杭《パイルバンカー》だぁあああぁ！」

放たれた杭が一直線に突き進み、見事に首長竜を貫いた。

この杭は建築術式で様々な効果が生み出せる。今撃った杭には、当たった瞬間に電撃を放つ術式が付与されていた……本来の使い方なら、不要な機能なんだけどね。

感電した首長竜は海面に倒れ、大きな水しぶきが上がった。

よし、無事倒せたようだな。これであの船も助かったことだろう。

すぐにでも離れようと思ったのだけど、拡声器のような魔法を使える者がいたらしく、呼び止められてしまった。

ここで逃げるように去るのも変な話なので、とりあえず会っておこうと思って接舷《せつげん》し、ウニと一緒に乗り移る。

随分と船員の多い船のようだが、彼らを代表してやってきたのは、俺より少し下……二十歳にならないくらいの女性と、豪傑《ごうけつ》と呼ぶにふさわしい雰囲気の騎士だった。

二人は頭を下げて、口々に礼を言う。

「本当にありがとうございます。助かりました」

「あっはっは、いやはや助かりましたぞ」

「いえ、お気になさらず。たまたま通りかかっただけなので」

「ウニュ！」

出来るだけ相手に気を遣わせないよう応対する。

「いやいや、貴殿のお力がなければ今頃我々は全滅でしたぞ！　命の恩人なのです、敬語も使っていただかなくてけっこうです……それにしても、実に凄《すさ》まじい船でございますなぁ！　あれだけの大物をあそこまであっさりとは。しかも何ですかな？　妙な腕まで生えておるとは」

騎士姿の男は俺の乗っていた船を不思議そうに眺めていた。

それは腕ではないんだがな。それにそこまでのことなのだろうか？

王国では普通に海上での建設作業に役立てていた作業船だから、驚かれると妙な気分になる。

「それにしても、可愛らしいおともがご一緒なのですね」

姫と呼ばれていたらしき女性が、ウニを見てニッコリと微笑む。

「あぁ、こっちはブラウニーのウニだ」

「何と！　ブラウニーといえば希少な妖精ではありませんか！　初めて見ましたぞ！」

騎士が驚き目を丸くさせていた。そういえば師匠も、ブラウニーに好かれるのは珍しいと言っていたっけ。

ウニは俺が魔導建築を学び始めてしばらく経った頃、森で魔獣に襲われていたところを助けたのがきっかけで仲良くなった。そして自ら進んで、使い魔契約を結んでくれたんだ。

「ふふ、可愛い。でも、貴方様の船もすごいですよね。帆がないのに動くのですね」

「魔導船だからな。まぁ魔法の力で動いていると思ってくれればいい」

「ほうほう、魔法の力でですか」

俺の女性への返答に、騎士が感心したように頷く。

「あぁ、それで、実はちょっと急いでいてな」

「それは、お引き止めしてしまい申し訳ありません。では、何かお礼を」

「いや、特別何か欲しいってことはないんだが……あ、首長竜の肉だけ分けてもらってもいいか？」

「分けるだなんてとんでもない！」

目を見開いて女性が叫んだ。

え？　駄目なのか？　う〜ん、一応俺が倒したんだが、やっぱり自分たちが先に戦っていたんだから、自分たちに所有権があると言いたいんだろうか？

そう思っていたら、予想外の回答が返ってきた。

「全部差し上げます！」

「え？　全部？」

「はっはっは！　当然でしょう。あれを倒したのは貴殿なのだから、所有権は貴殿にあります」

驚く俺に、騎士が笑いながら補足してくれる。

どうやら独り占めするつもりがないどころか、全て俺のものという認識のようだ。

「それはありがたいが、俺としては必要な分だけの肉が貰《もら》えたら十分だ」

「ふむ、確かにこれだけの大きさであれば一隻の船には乗らないでしょうからな」

騎士が一人納得したように頷くが、別にそういうわけじゃない。

腕輪の形状変化機構で出てくる物は全て、次元倉庫に格納されており、また形状変化させる前の状態の腕輪でも、この次元倉庫から物を出し入れ出来る。

次元倉庫というのは、文字通り別次元に繋《つな》がっている倉庫だ。その容量は膨大《ぼうだい》で、首長竜程度なら、百匹でも千匹でも、一万匹でも入る。

ただ、首長竜の素材は装備品には向いているが建築士としてはあまり使い道がないのだ。だから食肉だけでいいわけだ。

「でしたら、貴方様が必要な部位以外は、私たちが買い取るという形でいかがでしょうか？　勿論、助けて頂いたお礼も含めてお支払いいたします」

どうやら俺が必要な分だけを持っていくということでは納得しないようだな。

「別にそこまでしてもらわなくても」

「いけません！　助けて頂いて何もしないでは、委員会として示しがつきません！」

「うん？　委員会？」

俺が女性の言葉に首を傾げていると、騎士が笑みを浮かべる。

「はっはっは、実は我々は魔導大祭典運営委員会の者でしてな。もしここで海竜に沈められていたら、とんでもないことになっていたのですよ」

あ〜そう言われてみれば、魔法陣が五つ並んだ模様——魔導大祭典のエンブレムを掲げているな。

あれを公的に掲げているということは、運営委員会の証《あかし》だ。

「でも、姫と呼んでいたよな？」

「ほう、確かに私は姫と呼びましたが……あれが聞こえたのですか？」

「この船には音を拾う機能があってな」

「そのような力は初めて聞きました……」

女性は本気で驚いているようだ。

そうなのか？

……ふむ、俺は師匠に拾われてからは、魔導建築があって当然の世界で生きていたからな。外の世界の常識というものには疎《うと》い。

委員会がこんな旧式の船で移動しているのも、もしかしたらこれが国外では普通のことだからかもしれない。

そう納得していると、女性が思い出したように言った。

「そういえば、まだ名乗っておりませんでしたね。失礼いたしました。私は魔導大祭典運営委員会の委員の一人で、ハウジング王国王女、トアと申します。ここにいるハイムは、私の護衛騎士です」

「あっはっは、宜しく頼みますぞ」

なるほど、だから姫と呼ばれていたんだな。

「とにかく、お礼はさせてください」

改めて彼女が俺に願い出てきた。

これは断っていても埒《らち》が明かないか。仕方ない、くれるというのだから貰っておこう。

「わかった。ならそれでお願いするよ」

それから俺は必要な食肉だけ受け取り船に積み込んで、それ以外の素材の代金やお礼のお金を受け取ることにした。

「国はどちらになりますか？」

「あぁ……いや、俺は気ままに船で旅して回っている身でね。これといった国に住んでいるわけじゃないんだ」

本当はカルセル王国出身だけど、追放された身だしな。余計なトラブルを生まないようごまかした。

「そうでしたか。ならば自由貨幣でお支払いいたしますね」

自由貨幣とは、世界中に流通する、国にとらわれない貨幣のことだ。

資産運用の手段の一つとして扱われているもので、それ単体で通貨として使えるものではないが、持っていれば財産となる。

「自由貨幣で金貨一万枚となります。どうぞお納めください」

「そんなにもか？」

自由貨幣には、コージなどの単位がつかない。しかし一万枚となると、カルセル王国で言えば十億コージぐらいにはなるかもしれない。

「これぐらいは当然です。船員皆の命を救って頂いたのですから」

「まぁ、そういうことならありがたく受け取っておくよ」

俺が素直に受け取ると、ハイムが何が楽しいのか笑いながら尋ねてくる。

「はっはっは、しかし方角からして、てっきり貴殿はカルセル王国から来たのかと思いましたぞ」

「……いや、たまたまだ」

「カルセル王国に寄っていたなどでもないのですか？」

「違うが。そこに何かあるのか？」

妙にカルセル王国にこだわるなと思い、つい聞いてしまった。

「我々の目的地でしてな。来年の魔導大祭典の開催国であるから、現状の視察と今後のことについて話し合いに向かうところなのです」

ハイムが答えた。あぁなるほど……そういえば、何度か運営委員会が視察に来てたっけ。

「私は今回が初めてとなりますが、前に視察に行った者によると、カルセル王国は随分と発展しており、特に建築技術が素晴らしいようです。今から楽しみです」

「それはよかったですね」

「ウニュ～……」

にこやかに頷く俺の隣で、ウニは大丈夫かなって顔をしていた。

気持ちはわからなくもない。魔導建築技術を褒められたようで俺としては悪い気はしないが……俺を追放した以上、その技術を保てるかは疑問だ。

というか、おそらく無理だなと俺は思っている。

まあ、この船だとカルセル国に着くのは三日後ってところか。それならまぁ、まだおかしなことにはなってないと思うけど。

「では俺たちはそろそろ行きますね」

「あ、そういえばお名前をまだ」

「名乗るほどの者じゃありませんよ。それじゃあ！」

「あ……」

そして俺とウニは乗ってきた船に飛び移り、その場を離れることにした。

名前を教えてカルセル王国に知られても面倒な気がしたからな。

さてと、妙な寄り道になってしまったが、目的地である島に向かうとするかな――

◇◆◇

「行ってしまいましたな、トア様」

「そうですねハイム」

去りゆく船を見送りながら、魔導大祭典運営委員会における理事の一人であるトアが答える。その表情には、どことなく名残惜《なごりお》しそうな感情が滲《にじ》んでいた。

「それにしてもあの船……帆も用いず航行する船など、初めて見ました」

「あっはっは！　私もですぞ。おまけにあのとんでもない攻撃力。全くもって興味深いですな」

「確かに……」

顎に白魚《しらうお》のように細くたおやかな指を添え、トアは考えを巡らす。

海竜の一撃を防ぐ装備など、国家レベルで保有する戦艦でも持っていない。

船から発射された武器にしてもそうだ。あんなものは見たことがない上、雷まで行使されていた。

そもそも雷を操る魔法そのものが上級魔法とされているし、あれだけの海竜を打倒する威力となると、魔導師より更に上の大魔導師や賢者級と言えるだろう。

だがそれを、彼は奇妙な装備であっさりと繰り出していた。

「だからこそ、かの有名なカルセル王国からやってきたのかと思ったのですがね」

カルセル王国の技術力の高さは、王国の存在する大陸ばかりでなく、世界全土に評判が広がりつつある。今回の魔導大祭典の開催地として選ばれたのは、それも大きな理由の一つだった。

魔導大祭典は、強力な魔法を扱う魔導師や賢者が注目されがちだが、魔導技術の高さを披露する場でもある。

トアもまた、かの国の技術力をその目で見るのを楽しみにしていた。

「気になるなら調べさせますかな？」

「そうですね。ただ我々はあくまで、魔導大祭典のための委員。なので、余裕があればということでお願いしたいです」

「あっはっは！　それは勿論。もっとも、余裕なんてものは作るものですがな」

ニヤリとハイムが口角を吊《つ》り上《あ》げた。頼もしくもあるが無茶はしてほしくないと願うトアである。

「さて、では航行を再開ですね」

「うむ。皆のもの！　面舵《おもかじ》いっぱーい！　カルセル王国に向けて突き進むのだー！」

◇　◆　◇

一方その頃、カルセル王国の宮殿にて……

「海賊どもからはまだ連絡がないのか？」

「そうですね。しかしご安心を。奴らにかかれば、ワークのオンボロ船などあっさりと沈没させられましょう。建築士沈没！　それが既定路線です」

「ふむ、まぁ確かに。それに便りがないのは成功の証というしな」

ドワルの言葉に、王はそう自分に言い聞かせて納得した。

色々間違っているが、ワークを侮《あなど》っているのは王にしてもドワルにしても一緒である。

「ムッ！　今揺れたか？」

「えぇ、そういえば。ちょっと揺れましたかね？」

「最近、ちょいちょいあるな」

「左様で……まぁそんなこともありましょう」

ここ数ヶ月、やけに地震の頻度《ひんど》が高い。

これについてはワークがしっかり警告していたのだが、王も大臣も耳を貸さなかった。

それは今も一緒で、どうせすぐに収まると考えている。

海賊の話も終わり、建設大臣であるドワルはカルセル王に一つ進言をした。

「ところで陛下。実は王立競技場を新築したいと考えているのですが」

「何？　競技場を新しく造ると？」

「左様です」

「しかしなぜだ？　今のものを使えばいいではないか」

王が怪訝そうに問いかける。

彼の言葉通り、王都には立派な競技場が存在する。

「しかし陛下。あの競技場は、無能なワークが偉そうに宣《のたま》っていた魔導建築士によって建てられた競技場が――魔導建築によって造られたもの。今思えばとても胡散臭《うさんくさ》い上、追放した愚か者が関わっていたような代物を残すというのは実に縁起が悪い。解体してしまって、全く新しい競技場を建てた方が良いでしょう」

「ふむ、確かに……」

「それに、あの男の戯言を鵜呑《うの》みにするつもりもありませんが、確かにあの競技場も出来てからだいぶ経ちます。そのような古臭い代物を魔導大祭典の競技場として利用しては、他国の笑いものになるでしょう」

ドワルが手八丁口八丁《てはっちょうくちはっちょう》に王の説得にかかる。

その結果、王も懸念《けねん》を抱き始める。

「しかし、開催は来年であるぞ。今からで間に合うのか？」

「問題ありません。ちょうど今、私の選定した建築士に来てもらっているのですが、お通ししても？」

「ほう。手際が良いではないか、素晴らしい。いいぞ、話を聞いてやろう」

「では早速」

そしてドワルは、王の前に一人の建築士を連れてきた。

「この出会いに感謝ザマス。ミ～が大臣に依頼された偉大なる建築士ザマスザマス」

「ザマス、ザマス？」

「ザマスザマス」

その独特な口調に王は顔を顰《しか》めると、本当に大丈夫か？　という目をドワルに向ける。

「このザマスは世界的な建築士と自賛している男ですよ」

「そうなのか？」

「何を隠そう、かの有名なピッツァーリの斜塔《しゃとう》や龍宮殿《りゅうぐうでん》、ラピターン城はミ～が手掛けたと言っても過言ではないザマス」

「何と！　あれをか！」

王は随分と驚いた。

ピッツァーリの斜塔も龍宮殿も、とても有名な建造物だ。もっともこれらは古代遺跡とされる代物であり、ザマスが手がけたわけがない。しかもラピターン城に至っては、幻《まぼろし》の城であり、実在するかどうかも怪しい存在だ。

しかしそれをあまりにも堂々と言ってのけるので、王はなぜか頼もしく思えてしまった。

「ミ～に任せておけば問題ないザマス。あの古臭くて品性の欠片も感じられない競技場に代わる、新競技場の設計も既に出来ているザマス」

「何と、もうか！」

「はい。ザマス、見せてもらえるか？」

「勿論ザマス」

大臣が兵を呼び、ザマスの用意した新王立競技場のイメージ図が机上に広げられる。

「ほほう、これが。それで、一体どんな代物なのだ？」

「ずばり！　自然と調和ザマス！」

「自然と調和？」

王が小首を傾げる中、ザマスが説明を始める。

「今回の注目点は、全て木材で作られていることザマス！」

「何と、木材だと!?」

王がクワッと目を見開き、立ち上がって叫んだ。

「馬鹿な、木材でこれだけの大きさの競技場が作れるというのか？」

「ミ～にかかれば余裕ザマス」

「ふむ……」

王はスッと席につき、腕を組んだ。

「しかし、なぜわざわざ木材で？」

「それは世界にアピールするためです」

ドワルが答えた。王の目が丸くなる。

「アピールだと？」

「はい。魔導大祭典には、世界中から多種多様な種族が訪れます。その中には当然、自然崇拝者が多いことで有名なエルフなどもおります。彼らのような種族は鉄製よりも、自然のままの素材を好むものです。だからこそ、この案なのです！　これであればエルフも大喜び間違いなし！」

「なるほど。流石であるなドワル！　よし、採用だ。すぐにでも取り掛かるが良い！」

「ハッ！　仰《おお》せのままに」

機嫌を良くした王の前で頭を下げたドワルの顔には、笑みが浮かんでいたのだった。


「よく言ってくれたぞ、ザマス」

「ミ〜にかかればこれぐらい、なんてことはないザマスよ」

大臣の私室に戻ったドワルは、ザマスと二人愉快そうに笑い合っていた。

「しかし木製とは考えたな。木材であれば価値はわかりにくい。どうとでも予算を立てられる」

「ウシシシシ、こういうのをどうやってそれっぽく思わせるかが、ここの違いザマスよ」

自らの頭を指でつっつき得意顔で答えるザマスに、ドワルは感心したように頷く。

実際、石や金属などは特定の工場で作られた規格品に頼ることが多く、ある程度価値が読めてしまう。一方木材となると、木の種類が多岐にわたり、また相場も変動しやすいので、ごまかしが利きやすい。

その上今回は、あのワークのことがある。

ワークが以前競技場の建て替えを要求してきた際、その費用は一千億コージという、ドワルや国王からすれば目玉が飛び出るほどの金額だった。

それに対して今回は、せいぜいが十億や二十億。それでも決して安い金額ではないが、ワークのことがあるので王を納得させやすいのだ。

ドワルはほくそ笑み、ザマスの肩に手を置く。

「さて、見積もりは頼んだぞ」

「勿論、でもミ〜の取り分もお忘れなくザマスよ」

「わかってるさ。だが、本当に木材なんかで大丈夫なのか？　そこだけが心配なのだが……」

悪巧みを考えてはいるが、魔導大祭典があるので当然見た目だけでもそれなりに見える必要がある。耐久性も最低限はなければ意味がない。

「任せるザマスよ。よく考えるザマス。木造住宅というものがあるザマしょう。けれど家は簡単に崩れるザマスか？　屋根が簡単に落ちるザマスか？」

「う〜ん、言われてみれば確かに……」

「そうザマしょう？　競技場といってもちょっと大きいだけの家と思えばいいザマス」

「なるほど、確かにそうだな！」

「そうザマス！」

「「アッハッハッハ！」」

こうしてあっさり納得したドワル。

だが、当然建築にそんな単純な論理がまかり通るわけもない。

ワークであれば構造からしっかりと考えて、競技場として十分耐えうる物を造れたであろうが、ザマスは他国では悪徳業者として有名で、建築の技術を碌《ろく》に持っていない。

しかしドワルはそんなことも露知らず、自分の利益を求めすことしか考えていなかったため、ザマスの口車に簡単に乗せられてしまったのだ――

第3章　到着！　未開の島

「見えてきたぞ！」

「ウニュ～♪」

途中ちょっとした船助けはしたが、その後は順調に俺、ワークとウニを乗せた船は進み、目的地の島が見えてきた。結構大きな島だな。

さて、後は上陸出来る場所があるかだが……うん。どうやらいい感じの砂浜があるな。

あそこなら船を寄せることが出来そうだ。

船は砂浜に近づいていき、俺たちは上陸を果たした。

地面に降り立ったところで、船は腕輪の形に戻す。

形状変化機構ってのは、本当に便利だな。

「さてと、ちょっと歩くか」

「ウニュ」

「ウニはそうだな。とりあえず肩に乗るか？」

「ウニ～♪」

腰を落とすと、ウニが嬉《うれ》しそうに肩に乗ってきた。

ウニは妖精だから体重が軽く、肩に乗せていても負担はほぼない。

「さて行くか」

「ウニョ～」

砂浜から丘を上がると、森に囲まれた平地に出た。

更に探索を続けて、とりあえずこの周辺の地形は理解した。

この島で暮らすことになるかもしれないと思い、しばらく歩いてみたわけだが……人らしき姿もないな。

どうやら未開の島のようだ。

それから再びしばらく歩き、平原の一部をこれから暮らす拠点にすることに決めた。

「よし、この辺りがいいかな」

「ウニィ～♪」

近くには川もあり、海辺からもそう離れていない。立地条件としては悪くないだろう。

ただ、人間が暮らすには家が必要となる。

建築士なわけだし、一から木材で組み立てるという手もあるが、こういう時のために次元倉庫に保存しておいたものがある。

俺は腕輪から小さな家を取り出すと地面に置いた。

一見するとミニチュアのような家を、肩から降りたウニがつんつんっとしている。

「ウニ、危ないから少し離れるんだ」

「ウニュ〜」

距離を取った俺は、小さな家に向けて「復元」と声を掛けた。

すると小さかった家がみるみるうちに大きくなり、俺とウニが暮らすのに十分なサイズに変化した。

いや、元通りになったというべきか。

これは俺が開発した魔導プレハブだ。建築術式によってさっきのようなミニチュアサイズにまで縮めたり、元の大きさに戻したり出来る。

このプレハブは元々、建築工事の際に事務所として手軽に利用出来るよう作製したものだ。地面のマナに干渉し接着するという建築術式も備わっているから、安定性も抜群だ。

「入ってみるか」

「ウニィ♪」

早速、ウニとプレハブの中を確認する。

プレハブとは言え必要最低限の調度品は備わっている。キッチンもあるし、風呂とトイレも完備だ。寝室にはふかふかのベッドもある。

更に、このプレハブには俺の建築術式をふんだんに取り入れているため、プレハブを置いた下の地面に穴を開け、そのスペースに作業室を作ることも出来るのだ。

なぜこんなに万全なプレハブを持ち出していたかというと、いつでも国から出られるようにしておけと師匠に言われていたからである。

まあ、普通に工事の時に便利だから作っておいたってのもあるけどね。

「これで住居は問題ないな」

「ウニュ～♪」

さて、次は――

「家としては問題ないが、結局ガワだけだからな」

「ウニ～？」

俺の発言に不思議そうな顔を見せるウニ。

「例えばだ」

俺はキッチンに向かい、その蛇口《じゃぐち》を捻《ひね》ったが……当然、水は出てこない。お風呂にしてもトイレにしてもそうだ。

「ウニ～？」

「ウニも前、一緒に仕事した時にこの小屋を使っただろう？　このプレハブには配管が来ていないんだよ。だから水が出ないんだ」

「ニュッ！」

ウニがポンッと手を叩いた。気づいてくれたようだな。

そう、このプレハブには上下水道が備わっていないのである。

火を使ったり明かりをつけたりは、周囲のマナを取り入れて動作するから問題ないんだけどな。

「というわけで、まずは水を確保だ！」

「ウニュッ！」

早速ウニと一緒に森に向かう。

近くを流れていた川はとても綺麗で、水質検査をしてみても問題なかった。

水を確保するなら、ここから引けば問題ないだろう。

後は配管だが……と考えていたらガサゴソと草木の揺れる音が聞こえてきて、にゅっと何かが姿を見せた。

「こいつはビニルツリーか。これはちょうどいい」

「ウニュ〜」

現れたのは意思を持った樹木の魔物だ。

樹木の魔物にはトレントなど様々な種類がいるが、今回現れたのがビニルツリーでラッキーだった。

こいつを倒した後、死骸から得られる樹脂《じゅし》があれば、ビニル管を作製出来る。

俺が身構えると同時に、ビニルツリーはしなやかな枝を鞭《むち》のように振って攻撃してきた。

だが、足元の土がせり上がって壁になり、その一撃を防いでくれる。

「ありがとうなウニ」

「ウニュ～♪」

ウニは土の魔法も得意だ。おかげでいざという時には頼りになる。

俺は腕輪の次元倉庫から、魔導チェンソーを取り出した。相手が木だから、やはりこれだろう。

これは魔導で動くノコギリだ。スイッチを入れると魔力を動力源に歯が高速回転して材料を切断出来る。

当然、元々は建築用の魔導具だが、武器としても使える。良い子は真似しちゃ駄目だけどな！

ブォンブォンブォオオォォォオン！　と豪快《ごうかい》な音を奏《かな》でる魔導チェンソーを目にして、ビニルツリーが後ずさった。

だがすぐに枝を揺らして、またも鞭のようにして攻撃してきた。

「建築士を舐《な》めるなよ！」

しかし、襲いかかってきた枝を俺は魔導チェンソーで切り飛ばす。俺は現場にも出ていたからな。

これでもチェンソーの扱いには自信がある。

行くぞ！

「――これで倒せたな」

俺の足元には、すっかり丸太と変わり果てたビニルツリーの姿があった。

必要となるのは樹液だけだけど、一応全身を倉庫に入れておく。

「これと同じのを何体か倒してしまおう」

「ウニ〜」

その後は、森を探索しビニルツリーを倒して回った。

途中で狼《おおかみ》タイプの魔物も出てきたが、チェンソーをウィンウィンさせたら勝手に逃げていった。

狼タイプは肉があまり美味しくないし、他の素材も建築材料に向かないから追いかけなかった。

得体のしれない音を立てる武器を振り回す二足歩行の動物に追いかけ回されるとか、相手からしたら恐怖でしかないだろうし。

ビニルツリーを倒しまくっていたら、気づくと辺りには大量の丸太が転がっていた。これだけあると壮観だ。

「よし、ここからが俺の建築魔法の真骨頂《しんこっちょう》だな」

俺は丸太を腕輪に収納すると、プレハブに戻る。

そしてプレハブの地下の作業室に向かうと、床に少し深めの、底が丸くなった細長い溝を作った。

続いて、ビニルツリーの死骸から抽出した樹液を、その溝の中ほどまで流し込んでいく。

よし、これで準備は整った。いくぞ。

「建築術式・素材加工――」

建築術式を構築すると、樹液が溝の中をゆらゆらと揺れ、回り始めた。

回る、といっても、渦《うず》を作る感じではなく、底の丸みに沿ってローリングするような感じだ。横からの断面図は、まるでタイヤが回転しているように見えるだろう。

溝の底に触れた部分から徐々に硬化していくため、回転するうちに、綺麗な円柱状になってくる。

師匠によれば、建築術式のベースとなったのは錬金術で、何代か前の師匠が建築術式を生み出したらしい。

ベースが錬金術だから、素材さえあればそこから好みの形に加工するのは容易《たやす》い。勿論、その素材についてよく知っておく必要はあるけどな。

「——よし、出来たな」

「ウニョ～」

そうしてしばらくすると、ビニル製の棒が出来上がった。

持ち上げてみれば、中はちゃんと空洞になっている。立派なビニル管だ。

軽く叩いてみたが、強度も申し分ない。一本四メートルあるが、必要に応じて切って使えばいいだろう。

接続部となる継手《つぎて》も、型を作って一緒に作製してある。L字やT字と、各種揃《そろ》えておいた。

ビニル管と継手はマナによる接合方式を採用していて、互いのマナが干渉しあってピッタリとくっつく仕組みだ。

「細い方が給水管で太い方が排水管な」

「ウニュ」

俺の言葉に、わかったとウニも頷いてくれる。

給水管は直径二十五ミリメートル、排水管は直径七十五ミリメートルだ。

自然勾配《こうばい》を利用して流すから、排水管は給水管よりも太い必要がある。じゃないと、排水管が詰まって排水溝から汚水が逆流してきてしまう。

排水のルートには点検用の枡《ます》というものも必要なので、それも作っておく。

実際に排水管を通すには、勾配計算も必要になるからそれも済ませた。

さて、後は土の部分を掘って管を埋設《まいせつ》する作業だが……その前にやることがある。

地質調査だ。

「ウニ。頼んでもいいかな？」

「ウニッ！」

そしてウニが地面に手をつくと、青白い光が広がった。

ウニは大地の加護を得た妖精なので、魔力を流して地質を調べることが出来るんだ。

まあ、本当はウニがいなくても出来るが、ウニの方が確実だしな。

「ウニィ！」

「そうか、よかった」

ウニから地質に問題はないというお墨付《すみつ》きを貰えた。

これで管を埋める作業を進められるな。

俺は腕輪を変化させ、魔導ショベルに変えた。

魔導車みたいなボディに、足部分は無限軌道《むげんきどう》——車輪に溝のついたベルトを巻きつけたような構造になっている。そして、腕のような構造のアームと、その先端に土砂を掬《すく》うための籠状のバケットがついた乗り物だ。

この魔物の口のようになっているバケットを利用して地面を掘るのだ。

そして何より注目すべきはバケット部分。なんと、様々な形に変化出来るのである。

俺が好きな魔導建築機……重機とも呼ぶが、その一つだ。

まぁ嫌いな重機なんてないんだけどさ。

「とりあえずルートはこうやって行こうか。ウニは掘った先からビニル管を埋めて繋げていってくれ」

「ウニュ！」

俺がルートを示すと、ウニはグッと可愛らしく手を握りしめて張り切ってみせる。

すると次の瞬間、地面からウニそっくりな分身が生まれてきた。

これもウニの得意な魔法、土による分身の魔法だ。

俺の操作する重機で地面をガンガン掘削《くっさく》していき、ウニと分身が管を埋設していく。

そんな計画を立て、掘り始めた俺たちだったが——地面がボコッと盛り上がり、かと思えば中から可愛らしい生物が五匹、ひょっこりと顔を出した。

「モグ〜！」

「モグモグ〜！」

えっと、この生物はモグラの魔物か……？

「モグッ！　モグモグッ！」

「ウニ？　ウニィ〜……」

何かを訴えるように鳴くモグラの話を、ウニが聞いてくれる。

普通、魔物や精霊、それから俺たち人間は、何かしらの契約を結んでいないと、お互いの言葉を理解することは出来ない。

しかしブラウニーは大地の加護を得た妖精なので、土の中で過ごすモグラの気持ちがわかるのかもしれない。

「ウニ〜ウニ〜」

しばらくして話を聞き終えたのか、ウニが両手をパタパタさせて、モグラが何を訴えているのか俺に教えてくれた。

「ウニィ……」

ウニは困った顔になっている。

なぜならこのモグラは、突然やってきて土を掘り出した俺たちに抗議しているそうなのだ。どうやらこの辺りは彼らの縄張りだったようだな。

「なるほど。それはすまなかったな」

「モグ！」

「モグゥ～！」

もう少ししっかりチェックしておくべきだったな。事前調査は建築士には必須のことだ。

ウニの魔法で地質を調べて満足してしまったのは、建築士としては至らない行為だった。

「悪かったな。お前たちの住処を奪うつもりはなかったんだ。そういうことなら場所を変えて――」

「キシャァアアァアアァアァアアア！」

俺が提案しかけたその時だった。

再び地面が盛り上がり、今度は巨大なミミズが姿を見せ、かと思ったらモグラの一匹を長い胴体で締め付け捕らえてしまったのだ。

「モグ～！　モグ～！」

「キシャーーーー！」

「「「モググ～～～～～～～～！」」」

仲間が巨大ミミズに捕まったことで、他のモグラたちもパニックを起こしていた。あたふたしているのがわかる。

……ここで知り合ったのも何かの縁だしな。それに、見てしまったら放ってはおけない。

「安心しろ！　俺が助ける！」

すぐに魔導ショベルに乗り込み、レバーを握った。

ガチャガチャと操縦し、巨大ミミズに突撃した俺は、近づいたところでバケットを振り下ろす。

「――っ⁉」

ドガッ！　とバケットの爪の部分が食い込み、ミミズが長い胴体を捩《ねじ》った。

更に俺はバケットの形状を、フォークタイプという形状に変化させる。

通常のバケットは土砂を掬い上げるバックホーという形状だが、このフォークというのは、対象を挟み込む形状をしている。

そのフォークで巨大ミミズの胴体を挟み、そのままパワーを上げると、見事にミミズの胴体が切断された。

「モグ～！」

「モグモグ～！」

ミミズに捕まっていたモグラが解放され、仲間たちのもとへ駆け寄って喜びを分かち合う。

――ビタンビタンビタンッ！

しかし、ミミズはしぶとい。切断されてもまだ跳ね回っていた。

このタイプは土木作業には邪魔だな。とりあえず片付けるか。

そう思ったその時、またも地面が盛り上がり、巨大ミミズが数匹出現した。

「「「「モグ～～～～～～～!?」」」」

「ウニ～ッ!?」

モグラたちが悲鳴を上げた。ウニも危機感を抱いているようだ。

そして俺の魔導ショベルは、あっという間にミミズに囲まれた。なるほど、数で勝負ってことか。

「だが甘い！　ショベルを舐めるな！」

俺はアームを動かし、ミミズの一匹をフォークで掴《つか》んだ。このショベルの車体は三百六十度、旋《せん》回《かい》が可能なのだ。

巨大ミミズを掴んだまま、ショベルを高速でスピンさせた。

まるで竜巻のごとく回転したことで、フォークで掴んだミミズも一緒に振り回される。

「これがショベルスイングだ！」

掴まれた巨大ミミズは、他のミミズを吹っ飛ばしていく。

ドシンドシンドシン！　と吹き飛ばされたミミズが地面に落下しのたうち回るのを確認して、掴んでいたミミズは切断。

更に倒れたミミズの息の根を完全に止めるために、バケットをフォークから破《は》砕《さい》機《き》モードへ。

このモードの基本形状はフォークと同じだが、まるでドラゴンの頭のような見た目で、砕く力がより強まっている。

ドラゴンが獲物を喰らうがごとく、ミミズの胴体を噛み、次々と破壊していく。

「どうだ魔導建築機の力は！」

俺はなんだかテンションが上がってきて、ミミズを徹底的に破砕して回った。

いや、別に俺は頭のおかしい破壊魔というわけじゃないぞ。

ミミズ系の魔物は生命力が強いから、しっかり殺しておかないと胴体がまた再生して襲ってくるかもしれないのだ。

というわけで、巨大なミミズは全て駆除した。そしてこのミミズは魔石も保有していた。

それほど質は高くないが、この島に魔石の鉱床があるかは不明なので、結構貴重かもしれない。

しっかり回収しておこう。

さてと、これで後はモグラとの話し合いだな、と思っていたのだが——

「「「モグ～♪　モグ～♪」」」

どういうわけかモグラたちが俺を囲うようにして、輪になって踊り出した。

「えっと、一体どうしたんだ？」

「モグ～♪」

「モグッ！　モグ～」

「ウニィ～ウニッ！　ウニュ～」

ふむ、ウニの話でわかったが、どうやらこのモグラたちは、ミミズから助けた俺に感謝しているようだ。

それで踊ってるのか……何とも可愛いモグラがいたもんだな。

そうして眺めているうちに、気がついたらモグラにヒシッと抱きつかれていた。

感謝の気持ちのつもりらしい。とりあえず一匹ずつ頭を撫でておく。何とも心地よいもふもふ具合だ。

「モグ～」

「モグモグ～」

「モグッ」

「モギュ～」

「モ～グ～」

モグラたちはとても嬉しそうだ。しかし、それはそれとして。

「さて、ここから先の話だな。流石にモグラたちに迷惑はかけられないし、水道管の設置はどこか別の場所に変更するしかないかな」

「「「「モグモグモグ～～～～！」」」」

俺の言葉にモグラたちが慌て出す。

「ウニュ～」

何かと思ったが、ウニの説明によると、どうやらモグラたちは俺たちがここで作業をするのを止めない……どころか、大歓迎だそうだ。

「いいのか？」

「モグ～♪」

「ウニ！　ウニィ」

うん？　どうやらモグラたちは俺と仲良くしたいらしい。すっかり懐かれてしまったようだ。

「ウニッ！　ウニウニ！」

そしてウニは、この際だから使い魔契約してはどうか？　とすすめてきた。

「モグ！」

「モググ♪」

「モグッモグッ！」

「モ～グ～」

「モギュ！」

モグラたちも、それを望んでいるらしい。

ふむ、それなら契約しない理由はないかな。

「なら俺と契約して使い魔になるかい？」

「「「「モグ～！」」」」

どうやら決まりなようだ。

というわけで、俺はモグラたちと契約して使い魔になってもらうことにした。

「これで契約完了だ」

「モグ～♪」

「モギュ♪」

「モグッ♪」

「モ～グ～♪」

「モッグモッグ♪」

モグラたちは楽しそうに、俺に体を擦り寄せてきた。ウニと同じように、何を伝えたいのか何となくわかるようになったな。

「さて、なら名前を決めるとするかな」

契約したわけだし、しっかり名前をつけてあげたい……というわけで、思いついた名前を与えていく。

「よし！　まずはお前がタンボ」

「モグ～♪」

「お前はマーボ」

「モグッ♪」

「お前はモグタ」

「モギュ♪」

「お前はマツオ」

「モグモグ♪」

「お前はイッキだ」

「モ～グ～♪」

うん。何ともしっくりくる名前だ。

モグラたちも大喜びで、輪になって踊っている。

さて、これで再び作業が出来ることが決まったのだが……

「しかし、問題が出来たな。ここにあんなミミズが出るとなると、このままただ管を埋設しただけじゃ意味がない」

「ウニ？」

「「「「モギュ～？」」」」

ウニとモグラたちが小首を傾げているので、説明してあげる。

「普通にここに管を埋めても、あんな巨大なミミズが土の中を進んでいたらあっさり壊されてしまうからな」

ここが王都なら、もっとしっかりした材料を使えたんだが、ここで使うのはビニル管。あの巨大ミミズにぶつかられたらすぐに駄目になってしまうだろう。

王都で使ってた水道管はメンテナンスのしやすさ重視だったのでそこまで頑丈ではなかったが、あのミミズくらいなら問題としない強度はあったんだよな。

「ウニ～？」

「モギュモギュ」

「モグ～？」

ならどうするの？　という顔を見せるウニとモグラたち。勿論、このまま何もしないという選択肢はない。

「そうだな。コーティング作戦でいくか」

「ウニィ～」

「「「「モグモグ～？」」」」

ウニは流石に付き合いが長いだけあって、俺の言葉の意味がすぐにわかったようだ。一方でモグラたちは未だに首を傾げている。

「管に薬剤を塗って魔物や魔獣が近づかないようにするんだよ。本来コーティング作業は管の耐久性を上げるために行うんだけど、薬の種類によっては魔物よけになる」

「モギュ～」

「モグゥ」

なるほど、とモグラたちが頷いた。ただ、この方法を行うにはまた新しい素材が必要となる。

「とりあえず魔石はミミズから手に入るとして……」

魔物よけの薬剤にはある程度魔石がいるから、ミミズから取れた魔石が役立つ。ただ、他にも必要な材料があるのだ。

「魔草のライ草とニング草が必要なんだよな。この島に生えていればいいのだけど……」

「モギュ？」

「モグ～？」

俺が呟くと、どんな草？　とモグラたちが聞いてきた。

俺は地面に魔草の絵を描いて説明する。

「モグ！」

するとモグラたちは集まって何やら相談した後、俺を振り返りドンッと自らの胸を叩いた。

「もしかして知っているのか？」

「「「「モグ～モグ～♪」」」」

おお！　それなら助かる！

俺は早速モグラたちの案内で、魔草を探しにいくことにした。

森の中を移動するために魔導ショベルに乗り込み、モグラたちの案内で進んでいく。

森は魔物が多いみたいなので、いざという時のためにショベルには乗っておいた方がいいと判断したためだ。

そして何より、ショベルは速いからな。

本来一人乗りだが、ウニやモグラたちは小柄だから一緒に乗ってもらっている。かなり密集状態だけど、もふもふしてるからむしろ心地よい。

「ラシャーーーー！」

すると突然、ゴリラのような屈強な胴体にブタの顔を持った、奇妙な生物が進路上に飛び出してきた。

「モギュ〜」

ふむ。マーボが教えてくれたところによると、あれはブタガリラという魔物らしい。わりと見た目そのままの名前だった。

「ラシャ！　ラシャ！」

そのブタガリラだが、随分と変わった鳴き声だ。

先程からずっと、ラシャと叫んでる。

「ラシャーーーーー！」

そしてブタガリラは一声大きく鳴くと、俺たちが乗った魔導ショベルに殴りかかってきた。

ほう、なかなかのパワーじゃないか……だが、その程度じゃ傷一つ付かないんだよな。

俺はバケットをクランプモードに変更した。

このモードは相手を挟むのに特化している。それだけ聞くとフォークと変わらないようだが、クランプは平べったい面で挟み込むような形状なので、フォークよりも更に大きな物を安定して挟むことが可能だ。

アームが垂直移動しか出来なくなるのだが、挟んだものをより高い位置まで持っていけたり、クランプがその場で三百六十度回転出来たり、といった利点もある。

というわけで、未だに車体に殴りかかってきているブタガリラを、魔導ショベルでクランプ！　左右から挟み込む。

「ラシャ!?」

ブタガリラがもがくが、そう簡単に外れはしない。

そしてそのままクランプを上昇させると、ブタガリラの頭が下向きになるようにぐるりと回転させる。

「喰らえ！　ショベルボム！」

勢いをつけてブタガリラを地面に叩きつけた。

これでブタガリラはやっつけた。もしかしたら食べられるかもしれないので、とりあえず回収しておく。

更に進むと、今度は狼の魔物が現れた。

この島に来て間もなく出会った狼は俺と魔導チェンソーを見て逃げ出していたが、目の前のこいつらはやや見た目が違って、しかも逃げることなく襲ってくる。

「モグゥ」

マーボによると、アグレッシブウルフという魔獣らしい。

「マーボは物知りだなぁ」

「モグッ♪」

俺が褒めて頭を撫でると嬉しそうにしていた。この島の魔物や魔獣については、モグラたちに聞けば教えてもらえそうだ。

そんなふうにほっこりしている間にも、狼たちは魔導ショベルに体当たりをしてくる。

まあ、その程度で傷がついたりするわけがないんだが……ここまで積極的に来るなら、こっちも排除せざるを得ないな。

「ロングアームモード！」

俺がモードを変更すると、魔導ショベルのアームの部分がより長くなった。

この状態から――アームを振り回す！

「これがショベルラリアットだー！」

「「「「ギャインッ！」」」」

振り回したアームが当たったことで、アグレッシブウルフの群れが吹っ飛んでいった。よし、排除完了と。

俺たちはそれからも、稀《まれ》に魔物と遭遇しては倒しながら、魔導ショベルで森を進んでいく。

「モグッ！　モグ～」

「こっちか……しかしこれは、少し面倒だな」

俺の言葉の通り、モグラたちが示す道は、樹木が重なり合うようにして倒れていて塞がれていた。

まるで壁だな。

だが、問題ないだろう。

バケットを鋭いフォークに変形させ、壁となっている木に突き刺す！

そしてそのままアームを動かし、壁を切り拓いた。

木の残骸を乗り越えて進むと、タンボが声を上げた。

「モグ～」

その手が指し示す方を見れば、何やら草が生えている。あれは……確かにライ草だ！

俺は早速ショベルから降りて、ライ草の採取に勤《いそ》しむ。モグラたちとウニも手伝ってくれたおかげで、十分な量が手早く採取出来た。

更に、少し離れた場所にニング草も生えていたので、それも採取。

そうして必要な量を集めた俺たちは、作業のために一旦プレハブに戻ることにしたのだった。


「ここがこれから俺たちが住むところだ」

「「「「モグ〜！」」」」

プレハブを見て、モグラたちが驚き目を丸くする。

中に招待すると、今まで以上にはしゃいでいた。

「気に入ったならここで暮らしてもいいぞ」

「「「「モグッ！　モグゥ〜」」」」

モグラたちは輪になって踊り出し、ヒシッと抱きついてきた。

よっぽど嬉しかったみたいだな。

まあ、これまではあんな巨大ミミズがいるような危険な場所に住んでいたのだから、安全そうなこの家に住めるだけでも嬉しい、といったところだろう。

「それならひと仕事終わったら一緒に昼食とするか」

「モグ〜」

「モグッ♪」

「モギュ！」

「モ〜グ〜」

「モグモグゥ〜♪」

昼食と聞いてモグラたちも喜んでいるようだった。

まあ、その前に薬剤作りなんだけどね。

地下の作業室に行き、魔石を砕く。そこに蒸留水を混ぜて、プレハブに備わった遠心分離機《えんしんぶんりき》に掛ければ……余計な成分が抜けた純粋な魔水《まみず》の出来上がりだ。

それにライ草とニング草を入れてかき混ぜることしばし。

――よし、粘《ねば》り気が出てきた。これで魔物よけ塗料の完成だな。


薬剤も出来て切りが良いところで、一旦皆で食事をとることにした。

首長竜の肉も、船の上で多少は食べたがまだ残ってるし、ブタガリラもある。

とりあえず、今日は首長竜を食べるかな。

モグラは何でも食べられるとのことだったので、俺と同じものを食べてもらうことにした。

しかし調理されたものを口にするのは初めてだったようで、とても驚いていた。

まあ、調理といっても塩コショウを振って焼いただけなので、たいしたものでもなかったのだが――

「「「「モグモグ～♪」」」」

それでもモグラたちは喜んで、感謝の印なのかまた踊ってくれた。

基本的にはウニと二人で食事をとることが多かったので、モグラたちがモグモグ鳴きながら一緒に食事をしていると、とても賑《にぎ》やかで楽しい気分になってきた。

そんな腹ごしらえも終わったところで、作業を再開する。

ビニル管に作製した薬剤を流し込んで内側をコーティングし、外側にもしっかり塗布して、と。

「よし、これでコーティング完了だ。魔物が管に近づかなくなるはずだぞ」

「ウニュッ！」

「モグッ！」

「モギュ〜」

「モグモグ〜」

「モ〜グ〜」

「モグ〜」

ウニとモグラたちは、バンザイしてくれた。

何か……こういう反応があるのはいいものだな。やりがいがある。

さて、改めて埋設作業に入ろう。

魔導ショベルで経路を掘り進めるのだが、これにはなんとモグラたちも協力してくれた。

大まかな部分は魔導ショベルで掘って、その後、溝を整えてパイプを埋めやすくするという作業を、モグラたちがやってくれたのである。

ウニも魔法で土から分身を生み出し、管を埋めていってくれた。

そのおかげで、想定していた半分の時間で上下水道の両方とも、埋設が完了した。上水は川の上流に、下水の方はそのまま川の下流の方に繋げている。

皆でやると作業も早く終わるものだな。

後はこの管が実際魔物に襲われないかチェックしたいな。

というわけで、魔導ショベルに搭載《とうさい》されているレーダー機能で周囲の情報を確認すると、魔獣や魔物の反応があった。

俺は一旦魔導ショベルを腕輪に戻し、ウニたちと一緒に近くの草むらに隠れて様子を見ることにする。

しばらくそうしていると、ボコボコと地面を軽く盛り上げながら、何かが進んできた。

あの地面の動きは……あの巨大ミミズだろうな。

だけど巨大ミミズは、管の近くまで来たところで引き返していった。よし、これで魔物が管を攻撃してこないのを確認したぞ。

「これで管も問題ないな」

「ウニィ」

「「「「モググ～♪」」」」

埋設工事が成功したことに、ウニやモグラたちも喜んでくれた。

もう日も暮れ始めてるし、そろそろ家に戻るか。

そう思って再び魔導ショベルを出して乗り込み、レーダーを確認してみたのだが……

「……ん？　これは何だ？」

ここから五百メートルぐらい離れた場所に、弱々しい反応を見つけた。

全く動く様子はないが、生命体なのは間違いない。

ふぅ、俺はどうもこういうのを見ると気になってしまうんだよな。

「ちょっとこの反応が気になるんだ」

「ウニッ！」

「「「「モギュ～！　モグ～！」」」」

ウニやモグラたちは気になるなら行ってみようと、背中を押してくれる。

だいぶ暗くなってきたが、魔導ショベルにはライトもついているから安心だ。

ウニとモグラたちを乗せた後、ライトで照らしながら反応があった方に向かって進む。

「この辺りだな」

レーダーを見ながら、ライトで照らすと、その反応の主がいた。

これは……犬？　いや、耳が長いし、ちょっとウサギっぽくもある。

とにかく小型の、空のような青い毛並みのもふもふとした動物だ。

そして特徴的なのは、額に嵌まった赤い宝石のようなものが輝いていることだ。これは……普通の動物じゃなくて魔物だろうか？

何とも愛くるしいが、今は息苦しそうにしている。

魔導ショベルから降りて近づき、様子を見ることにする。

触れてみるとちょっと熱い。熱があるのか？

見たこともない動物だから平熱もわからないけど、ただごとではないのは確かだ。

「モギュ～」

「モグモグ～」

するとモグラたちが何かを訴え、そしてモグタとマツオが何かを摘《つ》まんで持ってきた。

「モグ～！」

どうやらこれが、この症状に効く薬になる薬草らしい。

ライ草やニング草の時もそうだったが、モグラたちはこの島の薬草に詳しいな。

まあ、薬を作るにしてもこんな場所じゃ何だから、プレハブに戻ることにした。

このまま放っておくわけにもいかないので、このもふもふした子も連れて帰らなきゃな。

というわけで、魔導ショベルに乗り込んだその時――

「キシャァアアァアアアアア！」

ガサガサと草木を掻《か》き分《わ》けながら、巨大な蛇《へび》が襲ってきた。

やれやれ、やっぱり簡単には帰らせてくれないか。

だけど俺たちは既に魔導ショベルに搭乗済み。ということで、レバーを操作してバケットを叩きつけた。

「――ッ⁉」

巨大蛇が吹っ飛んでいく。そんなに強くなかったな。

しかし、早めに魔導ショベルに乗っといてよかったよ。少し遅かったら、あの蛇の腹の中だったろうし。

さて、それじゃあプレハブに戻るか。


プレハブに戻った俺は、まずは小さな魔物を寝かしてあげた。

早速看病《かんびょう》しようと思ったが……俺たちの手は随分と汚れている。

とりあえず、水が出るか確認してみようか。

プレハブ中の蛇口を捻《ひね》り、水が出てくるか確認してみる。

「――よし、水道はこれで問題なさそうだな」

「ウニュ～♪」

水はちゃんと出るし、排水の方も問題なく流れてくれた。

ちなみに排水については、プレハブに備わっているろ過装置で綺麗にしてから流しているので、環境にも優しいのである。

皆で手を洗った後は、モグラたちが持ってきた薬草を煎《せん》じることにする。

こういうのはウニが得意で、土魔法で器具を作り、うまく薬草から薬を作ってくれた。

それを早速、小さな魔物に与えてあげる。

最初は苦しそうにしていた魔物だけど、だんだんと息が落ち着いてきて、すーすーと安らかな寝息を立てるようになった。

「よし、これならもう大丈夫そうだな」

「ウニョ～」

「モグ～」

「モググ～」

「モギュ」

「モグモグ！」

「モッグゥ～」

ウニやモグラたちも喜んでいるな。

さて、薬作りの前に手は洗ったが、改めて見ると全身土汚れが目立つな。

というわけで、俺は風呂を溜《た》めることにした。

これもプレハブの機能で、水道さえ引いてあれば魔力によってお湯を沸かすことが出来るのだ。

「これで準備完了だ」

「ウニィ～」

「「「モグ～♪」」」

ウニやモグラたちと風呂に入る。

体にお湯をかけてから、液体石鹸《せっけん》で全身を洗っていく。

勿論、ウニやモグラたちの体も洗ってあげる。

市販の石鹸だと、ウニみたいなもふもふの毛は汚れを落とすのが大変で、しかも洗い上がりの毛並みがごわごわになってしまう。

しかしこの液体石鹸は俺のお手製なので、汚れも綺麗に落ちるし、風呂上がりの毛並みの手触りがふわふわになる優れモノだ。

ただ、この島でも材料を探さないと、いずれストックが尽きてしまう。

「ウニュ～」

「「「「モッグゥ～」」」」

そんなことを考えつつ、湯船に浸かると皆幸せそうにしていた。

モグラたちはお風呂が初めてだったようだけど、気に入ってくれたみたいだな。

そして全員でサッパリして、風呂から上がった。

「皆もすっかり綺麗だな」

「ウニ～♪」

「「「「モグモグ～」」」」

バスタオルでウニやモグラたちの体を拭《ふ》いて乾かしてあげた後、俺は着ていた服とバスタオルを纏めて魔導洗濯機に放り込んで洗うことにした。

パネルを操作すると、洗濯機が回転を始める。

一度回してしまえば、しつこい汚れも綺麗に洗い落としてくれる優れモノだ。

しかし、水が引けて本当によかったな。

水さえ通っていれば、このプレハブで俺たちだけが暮らす分には、快適に過ごすことが出来る。

これがもっと大きい家で魔導具がたくさん使われていたり、住む人数が増えて魔導具の使用頻度が高くなったりすると、発魔所《はつまじょ》という設備から魔導管《まどうかん》というものを引き、魔力を供給する必要が出てくる。

魔導具というのは注がれた魔力で術式を展開し、設定された現象を引き起こすもので、使用には魔力が必須となる。

魔力の源となるのは自然界に存在するマナだが、マナそのものを使って術式を展開することは出来ない。

つまり、魔導具を発動するには、マナが魔力に変換されている必要があるのだ。

一応魔導具にも、自然のマナを取り込んで、術式を発動する魔力に変換する機能があるが、その変換効率は非常に悪い。

そのためカルセル王国では、王都や主要な街近隣のマナ溜まり――マナが自然と大量発生しやすい場所に、マナを効率的に魔力に変換する発魔所という設備を建てていた。

そしてそこから、魔導管というもので街に魔力を送っていて、そのおかげで、公共施設や各家庭の魔導具や魔導設備が問題なく動く……というわけである。

王国は、魔導管によってあれだけの魔導設備の恩恵を受けることが出来ているのだ。

ちなみにこのプレハブは、周囲のマナを取り込み、比較的効率よく魔力に変換出来る。それで、俺たちだけなら快適に過ごせるのである。

「そう言えば……」

ふと思い出したが、発魔所も魔導管も重要なインフラ設備となるため、悪事に利用されたりテロの標的になったりしないよう、宮廷建築士と王しかその存在を知らないと師匠が言っていた。発魔所についても、うまく隠されてるみたいだしね。

でも、先代の王は不自然すぎるぐらいに突然の崩御だったから、現王がそのあたりの情報を引き継げているのか、謎なんだよな。

もしそれが出来ていなかったら……いや、そんなはずないか。

現王も嫡男だったわけだし、そういった重要な話は事前に聞かされていたはずだ。どっちにしろ、もう俺には関係ない話だな。

「さて、飯にするか」

「ウニウニ♪」

「「「「モグゥ〜」」」」

ご飯と聞いてウニやモグラたちが嬉しそうに体を揺らした。

ウニは妖精だが人の食べる食事も大好きだ。モグラたちも昼食での様子を見るに、好みは合いそうだしな。

「じゃあまたあの首長竜の肉をステーキにしよう」

「ウニュ～」

「モギュ～」

「モグ～」

「モググ～」

「モグモグ！」

「モ～グ～」

ウニやモグラたちが俺の脚にヒシッと抱きついてきて甘えた声を上げた。とても嬉しそうだ。

さて、皆は勿論だが、あの小さな魔物も気になる。

見に行ったらすやすやと寝ていた。触ってみたけど熱はだいぶ引いていたし、これなら大丈夫そうかな？

「ゆっくり休んで元気になれよ」

俺はそう呟き、部屋を出る。

そして皆のところに戻り、楽しく夕食の時間を過ごしてから、眠りにつくのだった。

◇
◆
◇

ワークたちがモグラと出会っていた頃、王都ではザマスとドワルが、旧王立競技場を見ながら解体作業についてアバネ組の棟梁と打ち合わせしていた。

「本当にこの競技場を壊すんですかい？」

アバネ組の棟梁が石造りの競技場を見ながら確認する。

競技場は出来てからかなり経つが、それでも立派な存在感を示していた。

だが、ザマスは眉根を寄せて不快そうに言い放つ。

「こんな旧式の古臭い競技場はミ〜の感性に合わないザマス。さっさと壊すザマスよ」

「そうだ。建築士のザマスの言うことを素直に聞くのだ」

ドワルも深く頷き、アバネ組にそう命じる。

棟梁はやれやれと頭を掻きつつ答えた。

「まぁ、あんたがそう言うならやるけどな。しかし、新競技場は木材なのか」

地面に広げられた設計図を眺め、棟梁が問いかける。これだけの大きさのものを木材で造るなど聞いたことがなかったからだ。

「あぁ、これでエルフどもも大喜びだ。そうすれば……クックッ」

ドワルがどこか含みのある笑いを見せる。それに目ざとく棟梁が気がついた。

「お？　何か悪巧みしてそうな顔じゃないですか？」

「なに、大したことじゃない。実は陛下は、この国で奴隷制度を復活させようとしていてな。ちょうどいい機会だから、魔導大祭典を利用しようとしているのだ」

「まったく、やり手ザマス。新競技場を木製にしてエルフの機嫌を取れると知るや、そんな方向に舵を切ったザマスからね」

「どういうことだ？」

ドワルとザマスの会話に、棟梁が小首を傾げる。

「エルフは自然の物が好きなのだ。競技場が木造と知れば、エルフは我々に好意を持って、大挙して押し寄せてくるだろうな。そうなれば、数人行方不明者が出たところで、大きな問題にもなるまい」

「そういうことですか。あんたも悪ですね」

得心がいったように棟梁が頷く。

問題にならないわけがないのだが、ドワルとザマス、そして王は、そうは考えていなかった。

「しかし、そううまくいきますかね？」

ただ棟梁は、そう思った通りに事が運ぶか、懐疑的だ。

しかしドワルは腕を組み、表情に自信をみなぎらせた。

「問題ない。この国はお人好しの先代王が奴隷制度を否定していたため、他国からの信頼が厚いからな。事件に巻き込まれたと考えられる可能性はあるが、まさか奴隷になっているなどとは思わないだろうよ」

ニヤリとドワルが口端を歪《ゆが》めた。

魔導建築が台頭して以来、奴隷にさせる仕事が激減したことと、当時の王が人権派だったこともあって、奴隷制度が廃止となり、一切の奴隷売買が禁止されていた。

しかし、現王は奴隷制度の復活を目論《もくろ》んでいた。

それは、奴隷を使っていい思いをしたいという個人的な欲望だけでなく、先代のやり方が全て気に食わないから反発したいという意識も根底にあった。実はワークを追放したのも、この反発の一環だったのだ。

先代は人々の暮らしと国の発展を第一に考えていたが、現王は自らの権威を高め思い通りに国を動かすことしか考えていない。

そしてそれは、欲望に忠実で利権を貪《むさぼ》ることしか頭にないドワルの思想と重なり、二人が思うがままに振舞うことに繋がっていたのだった。

◇

◆

◇

「あ〜、面倒クセェな」

ドワルやザマスたちが競技場で悪巧みをしていたその時、アバネ組の職人たちは、別の場所で道路工事を始めるところだった。

近隣から水道の出が悪いとクレームが入ったからだ。

彼らとしては、この程度放っておきたいところだった。ただ、ワークがいなくなって以降に起きた問題が解決されず、やはりワークが必要だった……と住人が騒ぎ始めても面倒だということで、対応することになっていた。

「チッ、しかし面倒だよな、この石畳」

「しかも石畳の下もかてぇしな」

彼らは知らないが、王都の道路は魔導建築によって、魔石畳《まいしだたみ》という特殊な素材と構造で舗装《ほそう》されていた。畳の下もマンクリート加工であり、旧式の舗装よりはるかに頑丈なのである。

本来であればこういった道路工事は、魔導カッターという特殊な魔導建築機で切り込みを入れてから施工するのが望ましい。

だが彼らにそんな知識はなく、当然道具も持っていなかった。

なので、鉄槌などを利用して力任せに砕いていたのだが……修復する技術もないので、施工後がガタガタになることは誰の目にも明らかであった。

「あ〜何とか砕けた。やっと土が見えたぜ」

「でも、この砕けた石畳どうするんだ？」

「へへ、そんな時のためにこれよ」

職人の一人が、石畳っぽいデザインが施された板を持ってきた。

「こいつを工事が終わった後、土の上に載せとけばいいのよ。手間もかからないぜ」

「流石！　頭いいな！」

職人たちは画期的な手法だと賞賛するが、当然、元の石畳と彼らが用意した薄いベニヤ板では、強度が全く違う。

「おい！　何だこの地面。砕かれた石が詰まってるぞ！」

地面を掘っていた職人の一人が文句を言った。

「チッ、何だ。追放されたワークってのも、随分とあくどい仕事してるじゃねぇか。適当に石を詰めて予算の水増しを狙ってやがったな」

職人の一人が肩を竦《すく》めるが、大きな間違いである。

これは魔砕石《まさいせき》という魔石を砕いたもので、道路に伝わる震動を軽減する効果がある。

更に魔石の効果で、大雨が降った際には浸透性が調整され、道路が浸水しないようになっていた。

しかしこの職人たちはそれを知らないので、ただの石だと判断しぞんざいに扱ってしまう。

「はぁ、はぁ。やっと水道管が見えてきたぜ。ったく、何でこんなに深く埋めんだよ」

職人はそう言うが、せいぜいが一、二メートルほどの深さだ。ただ、彼らは水道管の位置がわからなかったため、無駄に広い範囲を掘ることになって苦労していたのだ。

埋設管の管理はワークが行っていたが、全く引継ぎもされていなかったのだから仕方ない。

もっとも、よく見れば道路の端に目印の杭が打たれていることに気がついたかもしれない。更に、杭の色でだいたいどれぐらいの位置に管が埋まっているかわかるようになっていたのだが、職人たちはそんなことには一切気づかなかった。

「なあ、これ、どっちがどっちなんだ？」

もう少し掘り進めたところで、管の全体が見えるようになってきたのだが、五十センチ程度の間隔を空けて二本の管が並んでいたため、職人は首を捻る。

「こっちには『魔導』って書かれた札が付いてるぞ？」

「何だそりゃ？　まあいい、とにかく壊せ」

職人がガンガンとハンマーやツルハシで打ち、管は破壊された。

「何だ？　中に何もないぞ。これはどういうことだ？」

「……そういうことか」

ハテナ顔になる一同だが、そこで一人が得心のいった顔で呟く。

先程砕石について持論を展開していた男だ。

「わかったのか、お前！」

「あぁ、あのワークって野郎は、ここに意味のない管を埋めて、それも工費として請求してやがったんだよ」

「なるほど。これも水増しってことか」

「まったく、あくどい商売してやがるぜ」

職人たちがうんうんと頷くが、大きな間違いである。

今彼らが破壊したのは魔導管。つまり、各家庭に魔力を送っていた管だ。

しかし魔力というものは目に見えず、ある程度熟練した魔術師でなければ感じ取れないため、職人たちは何もない管だと勘違いしたのだった。

そもそも、とりあえず管を壊す、ということ自体がおかしいのだが。

「で、どうやったら水の出が良くなるんだ？」

「残ったこっちが多分水道だろう。とりあえず壊すぞ」

職人たちが今度はもう一本の管をハンマーやツルハシ、斧《おの》でガンガンと殴りつけた。そんなことをすれば当然管が壊れて水が噴き出す。

「おい！　すげー勢いで水が噴き出たぞ！　どうすんだ！」

「急いで潰せ！　管を潰せ！」

彼らは破壊した水道管の端を潰し、何とか水の勢いを落とした。

「まったく、とんだ不良品だぜ。管を壊したぐらいで漏水するなんてな」

やれやれと肩を竦める職人たち。

言っていることが支離滅裂《しりめつれつ》だが、誰もそのことに気づいていない。

魔導がどうの以前に、管を破壊すれば水が噴き出るのは当たり前である。

本来、水道管工事を行う際はバルブを操作して水を一時的に止める必要があり、管にはその機能もついている。

もっとも、安全保持のためにバルブはロック式になっていて、解除方法はワークが管理していた。

当然これも引き継がれていないので、誰もそれを知らない。

更に言えば、ワークであれば魔導建築の技術で水の流れを迂回《うかい》させて、一時的な断水などの不便をかけないよううまく作業出来たのだが、アバネ組の職人たちにそんな知識はなかった。

「おいどうなってんだ、水が止まったぞ！」

「ちょっと、皿洗いが出来ないじゃないの！」

「風呂に水が溜まんねぇぞ！」

当然、水が止まり近隣住人が文句を言いに来た。

職人たちは顔を見合わせる。

「どうする？」

「まぁ、任せろ――いやぁ、すみませんね皆さん。前任のワークって野郎が碌《ろく》でもない仕事しかしてなかったもんだから、しばらく断水しないといけないんでさぁ」

職人の一人がそう言うと、住人たちは顔を見合わせる。

「あのワークが？」

「まったく、害悪でしかないな」

「だったら出来るだけ急いで頼むぜ」

とりあえず納得して引き返す住人たちを見送って、職人たちはやれやれと安堵《あんど》しつつ、交換用の水道管を準備する。

「これが魔石綿管か」

「おう。価格も安いし施工しやすい最高の材料だぜ」

「でも、これどうやってつけるんだ？」

「潰した管に突っ込んで上から処理するぞ」

彼らは用意した魔石綿管を、潰した管に被せた。

そして何と、魔石綿管に穴を開けて、そこから適当な棒を突っ込む。

その棒で、元の管の潰れた部分を壊したことで、管から流れる水は元の勢いを取り戻した。

「よし、これで水は問題ないな」

「流石俺たちだな」

「完璧な仕事だ」

「でも、穴から水漏れてね？」

「こまけーことは気にすんな」

しっかり管同士がくっついていない上に穴も開いているのだ。水が漏れるのは当然であるが、彼らはそれぐらい大したことないと思っていた。

「埋め戻すぞ」

「ああ……っておい、あの石が砂になってるぞ！」

そんな一人の声につられて職人たちがそちらを見ると、魔砕石が砂になっていた。

実はこれは魔砕石の特性で、長らく土中にあり土に馴染んだ魔砕石は、掘り起こすと砂になってしまう。だからこそ魔砕石は掘り出すたびに新品と入れ替える必要があり、それで工事費がかさむことになっていたのだ。

「ま、そのまま埋めちまえよ。でも砂になった分、土が足りなくなるな」

「んなの代わりにゴミでも埋めとけ」

職人たちはそう言って、手頃なゴミで穴を埋めてから、ベニヤ板を被せる。

そして満足げに頷くと、近くで作業していた下水担当の仲間の元へ向かった。

「おう、そっちの下水管は終わったか？」

「こっちはとっくだよ、楽勝楽勝。後は板を被せるだけだな」

「どれどれ……って、管が入ってないじゃねえか！」

下水管をチェックする職人たちだが、そこにはなぜか管が無くなっていた。

「最初から用意してねぇよ。よく考えてみろよ？　そもそも下水に何で管が必要なのかって話だ。

汚物なんてそのまま地面に垂れ流しときゃ、勝手に何とかなるだろう？」

その言葉に、職人たちは言葉を失う。

「お前——天才か！」

「その考えはなかった」

「でもだったら、何で下水管なんて埋めてたんだ？」

「ふふ、そんなの決まってるだろう。なぁ？」

「あぁ、つまりこれは——」

「「「「「「工事費の水増しだ！」」」」」」

アバネ組の職人の意見が一致した。

当然そんなことあるわけがないのだが、彼らの中ではそれが事実となっていた。

こうしてこの道路工事で、魔導管は破壊された。

上水道管は人体に悪影響のある魔石綿管に入れ替わり、管に穴が開いているため埋め戻した際に土や砂利が水に混入している。

下水管に関しては管すら入っていない。近隣の汚物は、多少は先へ流れていくだろうが、そのほとんどはこの場に溜まっていくことになる。

埋め戻しにしても、路盤すら作らず路面もベニヤ板だ。

この結果がどんな問題を後に生むか、彼らは知る由もなかった。

第4章　もふもふと仲良くなろう

皆が眠りにつく中、俺は一度ベッドから出て、あの小さなもふもふの魔物の様子を見に行った。

「ク～……ク～……」

うん。よく寝てるな。苦しそうな様子もないし、問題ないかなとは思う。薬が効いてよかったよ。

部屋から出て水を飲む。

こういう時、自由に水が飲めるのはやはり便利だな。

そういえば王都の水道管はそろそろ交換が必要な頃だったな。追い出されて出てきたから引き継ぎすら出来なかった。バルブの止め方とかわかるだろうか？

いや、流石にそれぐらいは何とかするか。現状では、管理してたのは俺だったけど、水道管自体は昔から存在している。よもや止め方がわからないから管を壊すなんて馬鹿な真似はしないだろうしな。

魔導管も埋まってるけどそっちにはしっかり印をつけてるし、いくらあの連中でも、むやみやたらと壊すことはないはずだ。ドワル大臣なり国王なりに、一度尋ねるくらいはするだろう。

まったく、心配しすぎだよな。

さて、もう一眠りするか。

俺は再び皆が寝ているベッドに潜り込んだ。皆なぜか一緒に寝たがったんだよな。まぁ、もふもふ感が心地よいけど。

そして眠りにつきかけたその時――

「ギャオオォォオオォォオオオ！」

そんな轟《とどろ》くような雄叫《おたけ》びと、大きな足音が近づくのが聞こえてきた。

――ズシーン！　ズシーン！　ズシーン！

「ギャオオオォォオッォォオオオオオオォォォォオオォオオオッォォオンン！」

二度目の雄叫びは先程より長かった。

本当にうるさいな……すっかり目が覚めてしまった。

一応このプレハブには防音機能も完備しているが、外の音を一切遮断してしまうと何かあった時に対応出来ないので、それなりに聞こえるように設定してあった。

なので、これぐらいの雄叫びになると聞こえてしまう。

――ドゴンッ！　ドゴッ！

しかもどうやら、プレハブに当たってきているようだ。

音からして、かなりデカい何かだと思う。

「ウニュ～……」

「「「「モグゥ～」」」」

「皆も起きちゃったか。まったく、迷惑なことこの上ないな」

「モグッ！」

特にマーボは、寝ているところを起こされたので機嫌が悪そうだ。

モグタにはあの小動物の様子を見にいってもらい、残った俺たちは寝室を出てリビングに向かった。

外はまだ暗いが、リビングの窓から巨大な足が見える。

「グォオォォォォオォォォォォォォォォォォオオオォオオオ！」

そして蜥蜴《とかげ》のような顔が窓の外に現れて、叫び声を上げた。

こいつは……地竜か。地竜というのは空を飛ばない、地上にいる竜のことだが……初めて見るタイプだな。

「モグ！　モグッ！」

するとマーボが、あいつはヂュランサウルスという名前の二足歩行の地竜だと教えてくれた。

ふむ、タイプとしては典型的なパワー型で、火を吐くような真似《まね》はしないが、魔力で前足の爪《つめ》や牙《きば》、尻尾を強化して攻撃してくるそうだ。

「ギャオオオォオォオォオオォオォオオォオォォオオオオス！」

「ほんとにうるさいな」

「ウニィ……」

「「「モグゥ……」」」

まったく、これじゃあ寝られたもんじゃない。

でも、竜って肉が美味しいんだよな、首長竜も美味かったし。せっかくだから倒してしまうか。

俺は外に出ると、魔導ショベルを起動させた。しかも昼間のものよりも大型のタイプだ。それでも身長四、五メートルはあろうかというヂュランサウルスには及ばないが、パワーなら負けてない。

「グルルゥウウゥウ？」

突然現れた巨大なショベルに、小首を傾げるヂュランサウルス。

俺はバケットを魔圧ブレーカーモードにした。このモードは先端が杭のようになっていて、魔力の圧で高速打撃するというものだ。

それを未だに不思議そうにしているヂュランサウルスの胸部に向けて、打つ！

ドゴォオォォォォオォオオン！　という轟音《ごうおん》と共に、ヂュランサウルスの巨体が吹っ飛んでいった。

ヂュランサウルスはズズン、という重苦しい音を立てて地面に落下すると、そのまま動かなくなった。

杭といってもそこまで鋭くなかったため、胸部を貫くことなく吹き飛ばしたみたいだな。

「よし、回収しにいくか」

「ウニュッ」

「「「モギュ～」」」

俺は魔導ショベルから降りると、ヂュランサウルスの様子を確認する。

……死んでるのは間違いないな。デカいから解体するのはなかなか大変だろう。

腕輪から魔導チェンソーを取り出し、豪快にヂュランサウルスの解体をしていく。

切り取った部分を運ぶ作業は、モグラたちも協力してくれた。皆テキパキとよく動いている。この肉は皆のためにしっかり焼いてあげないとな。

「ギィイエエエェェエエエ！」

すると今度は、翼の生えた鳥のような獣のような魔物が上空に現れた。

「モグッ！」

「ふむふむ」

マーボによるとどうやらプテラードンという翼竜《よくりゅう》のようだな。翼竜というのはその名の通り翼を持つ竜の一種だが、こちらも火を噴いたりすることもないので、亜竜――つまり純粋な竜ではなくその近縁種として扱われているらしい。

翼が大きく体は細長い。頭にあるトサカが特徴的だ。基本的には空から強襲し、鉤爪《かぎづめ》や嘴《くちばし》で攻撃してくるようだ。

そんなプテラードンは、空の上からこっちを見下ろしている。

あの高さだと魔導ショベルじゃ届かないけど……問題ない！

「魔圧放水車モードだ！」

これは、魔導作業船に備わっていた魔導放水砲を、地上でも行えるモードだ。水源が必要ではあるが、プレハブに接続すれば上水を持ってくることが出来る。

建築現場では作業後に現場が汚れることが多い。その掃除の際に、この放水車モードを使うのだ。

また、清掃だけでなく、不要なものを水圧で破壊することも出来る。

というわけで――

「これが魔圧放水だ！」

「ギャヒッ！」

魔力で圧力を上げた水を放ち、撃ち落としてやった。

たかが水と舐めてはいけない。海賊の船を真っ二つにした実績があるほど強力だ。

ちなみにプテラードンからは、いい動物脂が採取出来るそうだ。これも解体しておこう。

さて、そんな感じで出てくる魔物や魔獣を撃退して夜は過ぎ、朝になったのだが――

「疲れた……」

「ウニ〜……」

「「「モググゥ……」」」

あれから、結構な数の魔物や魔獣がやってきた。どうやらこの島、夜はかなり物騒《ぶっそう》らしい。

まあ、急にこんな建物が出来たせいで目立ってしまった、というのもあるとは思うけども。

しかし参ったな、多少覚悟はしていたが、まさかここまでとは。色々と対策を考えないといけないが……

「モギュ～モギュ～！」

すると、あの小さな魔物の様子を見ていてくれたモグタが、慌てた様子でやってきた。

どうやらあの小動物が目を覚ましたらしい。

なら、様子を見に行かないと！

プレハブに戻った俺が部屋に入ると、青い毛並みが俺の胸元に向かって飛び込んできた。

「おっと！」

咄嗟《とっさ》に受け止め、抱きかかえる。

俺の腕の中の魔物は、キラキラした瞳を俺に向けて鳴く。

「ク～♪」

そして額に嵌められた赤い石をキラリと光らせると、俺の胸にもふもふとした毛に包まれた頭を擦り付けてきた。

これって、もしかして俺が助けたとわかってるのかな？

「元気になってよかったな」

「ク～ク～♪」

青い毛並みの魔物は俺の言葉に答えるように、耳をピコピコさせ、綿のようにふわふわの尻尾を

揺らしていた。

毛並みも全体的にふわふわしていて心地よい。思わず撫でたくなる、いいモフり具合だ。

「ク～♪」

どうやら撫でられるのが好きらしい。気持ちよさそうに目を細めて、俺の顔をペロペロと舐めてきた。

「ウニ～」

「モグ～」

「モグッ！」

「モギュ～」

「モ～グ～」

「モグモグッ」

するとウニやモグラたちが俺の足元に集まって、強請《ねだ》るように鳴き声を上げた。

もしかして？　と思って順番に撫でていくと、皆幸せそうな顔を見せてくれた。何だか見ているだけで、こっちも幸せな気持ちになってくる。

「ウニ～」

「え？　この子も契約？　う～ん。でも、この子の気持ちもあるからな」

一息ついたところで、ウニが青い毛並みの魔物との使い魔契約を提案してきた。

ただ契約は、こちらの意志だけで出来るものではないからな。

「ウニッ！」

「ク～？」

「モグ～」

俺が悩んでいると、ウニやモグラたちが、青い毛並みの魔物と意思疎通《いしそつう》を図り始めた。

そうして話し合うことしばし、ウニがトコトコと近づいてきて可愛らしい手をくいっと曲げた。

「ウニィ～」

「えっと、契約してもいいってことかな？」

「ク～♪」

青い毛並みの魔物は、頭を上下させて肯定してくれた。

ふむ、そうか。

「よし、それなら俺と契約して君も使い魔になるかい？」

「ク～♪」

そして俺は契約を結び、この子も使い魔にした。

それにしても、この子は魔物なんだろうか？

どうやらモグラたちも知らないらしく、ちょっとわからないけど……いずれにしても、名前は必要だな。

よし、それなら――

「名前をつけたいと思うんだけど、キャニでどうかな？」

「ク～！　ク～♪」

おお、喜んでくれているようだ。

「よし、それならこれからお前の名前はキャニだ！」

「ク～♪」

こうしてまた一匹、もふもふの仲間が増えることになった。

「ところでお腹は減ってるかい？」

「ク～……」

俺が聞くと、キャニは思い出したように顔を伏せ耳を垂らした。この様子だと、やっぱりお腹は減ってるんだな。

「何が好きなんだろう？　肉は食べる？」

「ク～……」

あ、微妙そうだ。肉は好みでないのかもしれない。草食系かな。

「果物は？」

「！　ク～！　ク～！」

果物と聞いたキャニは顔を上げて、嬉しそうに尻尾を揺らした。やっぱりそうか。なら何か採ってくるとしよう。

「一晩経って水道管の様子が気になるから、キャニが食べられそうな果物を探すのと一緒に見てくるよ」

「ウニ～！」

ウニはついてくると言っている。

うーん、キャニは病み上がりだし、ここにいた方がいいだろうな。モグラたちはタンボとマーボに来てもらって、他の三匹にはキャニと一緒に留守番してもらうことにしよう。

さて、まずは昨日埋設した管の様子の確認だな。

魔物や昨日の地竜と思われる足跡があちこちにあったが、管は無事だった。コーティングの効果は出てるな。

「良かった。水は出てたし問題ないとは思ったけどな」

「ウニッ」

「モグ～」

「モグッ！」

ウニとタンボ、マーボも安堵した様子だ。昨日あれだけ作業したのに、それが無駄になったらガッカリだもんな。

そして今度は森に入って、キャニが食べられそうな物を探した。

「ガブガブ～！」

すると途中で、リンゴのような魔物の大群が襲いかかってきた。

「モグッ！」

マーボによると、ガッブルという名前らしい。リンゴみたいな見た目だが、口と牙が備わっている。それが跳ねるようにして移動しているのだ。

「だが甘い！」

俺は腕輪から魔圧式ネジ打ち機を取り出し、ガッブルに向けて撃ち込んだ。

これも建設用のネジを打ち出す道具だが、圧を強めれば立派な武器になるのだ！

『ガブゥウゥウウウ！』

ネジが命中し、次々とガッブルが動かなくなる。

「モグッ！」

ふむ、タンボが教えてくれた話によると、どうやらこいつは食べられるようだな。

しかもリンゴみたいな味らしい。まあ、口と牙さえなければ、見た目は普通にリンゴだもんな、こいつ。

よし、ならこいつを持ち帰ろう！

持ち帰ったガッブルを与えると、キャニは嬉しそうにシャリシャリと食べていた。

「ク～♪」

「よかった、口に合ったみたいだな」

「ク～ク～♪」

キャニは俺の肩に飛び乗って、頬を擦り寄せてきた。何とも心地よいな。

俺たちも一緒に朝食を済ませた後、全員で外に出て、改めて周囲を見回す。

そして俺は一つ、決意を口にした。

「ここに壁を造ろう」

「ウニュ？」

「「「モグ～？」」」

「ク～？」

皆がなぜ？　と言いたげに首を傾げた。

だけど、これは大事なことだ。

昨日だけでもあれだけの魔物や竜が襲ってきた。

全て対処したが、毎晩あれでは身が持たない。

壁を作り、自動撃退みたいな機能を建築術式で付与出来れば、だいぶマシになるだろう。

問題は材料だな。理想はマンクリートの作製だが、そう都合よく素材が手に入るか……

まあ、この島はけっこう色々な魔物がいるので、もしかしたらうまくいくかもしれない。

というわけで、俺たちは期待を込めて、島の探索に向かうことにした。

食事をとってすっかり元気になったキャニも一緒に来てくれることになったので、一人と七匹での探索である。

今回の目的であるマンクリートの作製に必要なのは、簡単に言えばセメント、水、骨材と呼ばれる砂利や砂。それからマナを練り込む作業があるのだが、それには魔石が必要となる。

水と魔石は問題ないし、骨材は海や山で探せばいい。

極端な話、通常のコンクリートを作る水を魔水に変えてしまえば、マンクリートになる。

魔水は粉砕した魔石と蒸留水を合わせ、遠心分離機にかけて不純物を取り除くことで作るのが基本だ。しかし、より質を高めるならスライムが必要となる。

スライムは戦闘において大した脅威ではないので、冒険者の間での評価は低い。だが実は、液体のようなボディを維持出来ているのは、体内に魔力をふんだんに含んでいるからなのだ。その魔力の質が良いため、スライムの素材があると非常に助かる。

面倒なのはセメントだが、既に必要な素材の一つを得ている。

ビニルツリーの樹脂がそれだ。その他に必要なのは石灰と石膏《せっこう》、石英、それに酸化鉄である。

というわけで、俺たちは魔導ショベルに乗って、まずは海に来た。

魔導ショベルに乗っているのは、昨日の夜みたいに凶悪な魔物が出る可能性があるからだ。それに砂の上は、無限軌道の方が移動しやすい。

さて、ここで欲しいのは石灰だ。

それでなぜ海？　とキャニたちは不思議に思っているようだが、石灰は貝殻を砕いても作れるのだ。

貝といえば海！　砂浜！　というわけでやってきたわけである。

だけど――

「思ったよりいいのがないな……」

「ウニィ……」

「モグ～モグ～」

「クゥ～……」

ウニやモグラたち、キャニも手伝ってくれたけど、これといったものが見つからなかった。

貝と言っても何でもいいというわけではなく、出来るだけ綺麗なものが好ましい。

しかし砂浜を掘っても、良さそうなものは見つからなかった。

そうなるとやっぱ海中かな。

俺は波打ち際に近づくと、腕輪を作業潜水艇《さぎょうせんすいてい》モードに変えた。

流線型のこの乗り物は、文字通り潜水して水中を移動出来る。水中で作業したい時に便利なのだ。

俺は皆を連れて潜水艇に乗り込む。

「皆も一緒に海底探索だ！」

「ウニィ～♪」

「ク～♪」

「「「「モググ～♪」」」」

もふもふな皆も、海に潜れて楽しそうだ。

モニターに映し出された海中の様子に、目を輝かせている。

そんな皆を微笑ましく見守りながらレーダーの反応を確認すると、何やら大物がいることに気がついた。

「こっちに行ってみるか」

「ウニュ！」

「モグッ！」

「ク～ク～！」

ウニが可愛らしく手を握りしめ、モグラたちもバンザイのポーズを取っている。キャニは尻尾をふりふりさせていた。

皆のもふもふの頭を撫でつつ、潜水艇を進めると、その先にいたのは巨大な渦巻状の貝殻を背負った魔物だった。

「モグッ！」

ふむふむ。マーボによると、あれはライムアンモナイトという魔物らしい。極稀《ごくまれ》に、浅瀬に来ることもあるから、マーボもその存在を知っていたそうだ。

そんなライムアンモナイトを見た瞬間、俺はピンときた。

あいつの背負ってる貝殻は、石灰の塊《かたまり》だ！　と。

今の俺にとっては喉から手が出るほどに欲しい素材だ。しかしこんな魔物に出会えるとはな、まさに僥倖《ぎょうこう》と言えるだろう。

こいつを倒せば、マンクリートに一気に近づくぞ。

ライムアンモナイトの頭部は数多《あまた》の触手で構成されていて、その触手を伸ばして鞭のように振ったり、締め付けたりするというのが主な攻撃手段になるそうだ。

そんなマーボの話を聞いていると、ライムアンモナイトの触手が潜水艇を殴打《おうだ》した。

「ウニィ……」

「大丈夫だ。この作業潜水艇はこの程度でやられるほどヤワじゃないさ」

ウニが不安そうな声を上げるが、俺は首を横に振る。

今の殴打程度では、潜水艇はわずかに揺れることだってない。

今度は潜水艇を搦《から》め捕《と》り、ぐいぐいと締め付けてきたが、これも無駄なことだ。

俺はパネルを操作して、潜水艇から水中作業用のアームを伸ばした。そして先端に取り付けられた円盤状《えんばんじょう》の魔導カッターで触手を切断していく。

ここからが本番だ。

再びパネルを操作して、潜水艇の先端をドリルに変える。

水中で掘削するためにつけた機能だが、戦闘で役立つ日が来るとはな。

「行くぞ！　ドリルアタックだ！」

潜水艇は加速し、ライムアンモナイトに突っ込んだ。ドリルによって、貝殻がガリガリと削れていく。

素材として使うためにもダメージは最小限に抑えようと威力を調整していたのだが、少々弱すぎたようだ。

ライムアンモナイトは後方に吹き飛び横倒しになったかと思えば、そのまま回転を始め、その推進力で一気に突っ込んできた。

変わった攻撃手段だな。回転アタックとでも言える。

——ズドォオオォォオン！　ガリガリガリガリガリガリ！

ライムアンモナイトはドリルを避けるような軌道で船体に当たってくる。衝突音に続いて、回転音が響き渡る。

しかし——

生身はもちろん、普通の潜水艇や船なら、木端微塵だろう。相当な威力だ。

俺の作業潜水艇には、全くもってダメージはなかった。

この作業潜水艇は、水深一万メートル以上の深さにも耐えられるだけの性能を有している。この程度の攻撃ではびくともしないのだ。

「悪いな。むしろ自分から近づいてくれて助かったよ」

パネル操作を行い、アームを変形させてライムアンモナイトをガッチリとホールドする。

そしてそのまま、一度急浮上。そこから加速して海底に叩きつける！

「これが潜水ドライバーだ！」

――ドゴオオォォォォオォォオオオン！

海底の砂が巻き上がり、一帯が揺れたと錯覚するほどの衝撃を相手に与えた。

……よし、これで動かなくなったな。

「これで上質の石灰が手に入るな」

「ウニュッ～」

「「「「モググ～！」」」」

「ク～♪」

ウニやモグラたちがピョンピョンッと飛び跳ねて喜んでくれていた。キャニも体を頬に擦り寄せてくる。何とも気持ちがいい。

とりあえずこれで目的は達成したので、俺たちは帰ることにした。

ライムアンモナイトは一旦次元倉庫に収納してから、プレハブに戻る。

やはり貝殻からは上質な石灰をゲットすることが出来たのだが、解体作業を進めていると、ラッキーなことに上質な魔石も手に入れることが出来た。

さて、この調子で素材集めを頑張るか！


次の日、俺たちは山に向かった。

腕輪は今日も、魔導ショベルモードだ。

「これで山道もラクラクだな」

「ウニィ〜♪」

「モグ〜♪」

「モグッ！」

「モ〜グ〜♪」

「モグモグ」

「モギュ〜」

「ク〜ク〜♪」

無限軌道と呼ばれる走行部のおかげで、山道でもスイスイ走れる。

そして乗り物に乗ってる時は、皆もいつも以上に楽しそうだ。

——ドスゥウゥウウウン！

すると突如、岩が空から降ってきて魔導ショベルに直撃した……が、そんなものは通用しない。

とはいえ無視出来るものでもないので、その場に停止して周囲を見回す。

すると、高い位置にある岩場から、岩の体を持つ人型の魔物が数体、こっちを見下ろしてきているのがわかった。

あのタイプはゴーレムと呼ばれる魔物だ。だが、通常の土で出来たゴーレムと違い、全体的に黒っぽい。

――あの素材、まさか！

「あいつ、アスファルトで出来たゴーレムか！」

俺も建築士だ。構成される素材が何なのかは見た感じで何となくわかる。ライムアンモナイトの貝殻の石灰が上質だと気がついたのも、これまでの経験と勘によるものだった。

ともかく、今回必要な材料にアスファルトがあるわけではないが、ここで確保しておけば、後々役立つのは確かだ。倒しておいて損はないだろうな。

ただ、あいつらのいる場所は高く、このままではショベルの攻撃は届かない。水源も近くにないので、放水も出来ないだろう。

「……よし、ならこれで！　クレーンモード！」

魔導ショベルの形状が変化する。

これは、重いものを吊り上げて運ぶ時に使うものだ。伸縮する竿のような部位――ブームの先端に鉄球を吊り下げることで攻撃に使用出来る。以前首長竜を倒した時にも使用した物だな。

「さぁいくぞ！　鉄球ブレイク！」

ブームを伸ばし、アスファルトゴーレムの近くで振り回す！

――ドンッ！　ドンッ！　ドゴォォオオン！

クレーンで振り回した鉄球を喰らってバランスを崩したゴーレムは、うまいことこちら側に落下する。そのまま動かなくなったので、次元倉庫に収納した。

よし、これでアスファルトゲットだぜ！

それからしばらく山を進んだのだが、アスファルトゴーレムが結構出てきたので、全て倒して倉庫に回収した。

これでアスファルトは十分だが……肝心の石膏が見つかってないんだよな。早く見つけないと。

そんなことを考えながらクレーンをショベルに戻し走っていたら、今度は車体に包帯が巻き付いてきた。

包帯が伸びる先には、全身真っ白な、包帯でぐるぐる巻きになった魔物がいた。あいつの仕業だな。

しかしこの包帯――普通の布の包帯ではなくて、ギプス包帯っぽいな。つまり、石膏を含んでいるということだ。

「モグッ！」

マーボが、あれはギプスマミーだと教えてくれた。マーボは本当に物知りだなぁ。

とにかく、これで石膏も手に入るな。

ギプスマミーは、全身に巻き付いているギプス包帯を魔力で操っているようだ。

柔軟な包帯による攻撃は強力だが、魔導ショベルには通用しない。

「ショベルこそパワー！」

『グギャッ！』

魔導ショベルのバケットによる殴打一発で、見事ギプスマミーを倒せた。

魔導ショベルから降りて、改めてギプスマミーを叩いて確認する。

うん、固い。間違いないな。このマミーの包帯は石膏だ。

これをもっと狩りまくれば、必要分は手に入るな。

それからは、魔導ショベルを動かして山中のギプスマミーを探して回った。

ギプスマミーは好戦的な性格のようで、俺たちの姿を見るや否や、すぐに襲いかかってくるので、それらを次々と倒していく。

するとそのうち、骨の魔物——スケルトンが現れるようになった。

なんてこった。こいつらは見た目からしてそうだが、カルシウムの塊みたいなもんだ。建築的に非常に役立つ。

カルシウムも石膏も、自然物から取れないことはない。

しかし、魔物から取ると豊富な魔力が含まれることになるので、建築術式を操る魔導建築士としては都合がいいのだ。

だからしっかり狩らせてもらうことにした。

スケルトンは数が多いが、そんなに耐久力はない。よし！　こんな時はこれだ！

「モードチェンジ！　魔導ローラー！」

これはロードローラーとも言う。前輪が円筒状になっていて、これで地面を押し固めるのが本来の用途だ。しかし一部では最強の武器との呼び声も高い。

「さぁいくぞ！　ロードローラーだ！」

――ボギボキボキボキボキボキボキボキボキイイィイィイイイ！

ロードローラーで駆け抜けると、骨の砕ける音が鳴り響き続けた。まぁ元が骨だからな。

「大量だな」

「ウニィ～！」

「ク～♪」

「「「モグ～」」」

アスファルトゴーレムやギプスマミーも途中で何体も現れたから、それも鉄球で倒していく。

――ドカッ！　ドスッ！　バキッ！　ドドドドォオォォオオン！

「……ふぅ、辺り一面真っ白だな」

そうして走り回ることしばし。骨やらギプスマミーやらで、山の中腹辺りの景色は真っ白に変わっていた。雪ならロマンチックだが、全部骨やギプスである。

まぁ、その中に時折黒も交じっているが。アスファルトゴーレムも狩ったからだな。

「とりあえず全部回収だな。モードチェンジ、バキュームモード」

魔導ローラーは、ホースのついた車体に変化する。このホースで様々な物を吸引し直接次元倉庫に取り込むことが可能なのだ。

「さあ、吸い込め！」

「ウニッゥウニッ♪」

勢いよくホースに吸い込まれ、スケルトンやギプスマミー、それにアスファルトゴーレムも、あっという間に回収された。

なかなかに爽快な光景で、ウニが楽しそうに声を上げる。

さてと、これでアスファルトに石膏、それからカルシウムたっぷりの骨の素材が手に入ったな。

するとその時――

「――グォオォォオォオォオオオオオ！」

そんな叫び声が聞こえたかと思えば、正面に巨大な骸骨の化け物が姿を見せた。

目玉のない真っ暗な眼窩《がんか》で、こっちをじっと見ているように感じられる。

俺はすぐに皆を連れて、バキュームモードの魔導ショベルに乗り込んだ。

巨大な骸骨は拳を振り下ろしてきたが、この中は安全だ。

「モグッ！　モグッ！」

ふむ、マーボによると、どうやらあれは我紗髑髏《がしゃどくろ》という名前の魔物のようだな――

◇◆◇

それはこの島の地下深くに封印されし、強大なる邪悪であった。

名をアナカリンス――数多《あまた》の不死を束ねる、最悪の王。

四千四百四十四万年前、その凶悪さ故に封印されたのだ。

だが、その封印は徐々に弱まり、復活の時を今か今かと待ちわびていた。

「ククッ、余の封印もだいぶ弱まったな。もうすぐ完全に解けるであろう……だがその前に、配下を使って地上の様子でも見てみるか」

アナカリンスはそう言って、強く念じる。

「出《い》でよ、我が不死の軍団よ！　そして地上にもし生者がいれば、全て喰らい尽くすのだ！」

こうして地上にギプスマミーとスケルトンが溢《あふ》れ出《だ》した。

アナカリンスの命令を全うするため、不死の魔物たちはたまたまやってきた人間に目をつけた。

妙ちくりんな鉄の馬車に乗っていたが、その程度何の問題もないと思い、ギプスマミーとスケルトンは襲いかかる。

だが——その馬車は次々と形を変え、ギプスマミーもスケルトンも、あっさりと打倒してしまったのである。

それを感じ取ったアナカリンスは、怒りに震える。

「おのれ！　どこの誰か知らぬが、この余を舐めおって！　ならば出でよ！　余の自慢たる骨の巨人！　我紗髑髏よ——」

◇◆◇

我紗髑髏は相当デカかった。あいつ一体で、ここまで倒してきたスケルトンと同じ量の骨が手に入りそうだ。あと、カルシウムが多そうな気がする。

それにしても……ギプスマミーもそうだったが、随分と好戦的だな。

いきなり殴りかかってきたし、今もこっちを睨みつけてきて、やる気十分って感じだ。

仕方ない、倒すことにするか。

何となくだが、こいつはここで倒しておかないといけない気がする。

「アァアァアアァアアアアアアァアアア！」

うす気味の悪い声を上げて、我紗髑髏が腕を振り下ろしてきた。

だが、ショベルの厚い装甲によって全くダメージはない。

自分で言うのも何だが、流石だな。何度も耐久テストをした甲斐《かい》があるってもんだ。

独自のやり方ではあるが、しっかり項目を作って耐火性、耐震性、耐魔性、耐水性等々、念入りに検査したからな。

「ヴォオオォォオォォオオオン――」

すると我紗髑髏は今度は、骨の顎を開き、毒々しい色の息を吹きかけてくる。

これは……腐食系の瘴気《しょうき》だな。周囲の岩がボロボロに崩れ落ちていく。

金属製の装備を身に纏っていたとしても、この瘴気を浴びたら一瞬にして腐りボロボロになっていることだろう。

「ヴォオオォォォッォオオン――」

我紗髑髏は更に息を吐き、攻撃を重ねる。

だが、魔導ショベルは全く腐敗する様子は見せなかった。

「グ、ゴァ？」

「腐食耐性もしっかり検査済みだ。オリハルコンが一瞬にして崩れ落ちるほどの瘴気の中でも、新品同様の状態を保てるんだ。この程度でやられるわけもない」

「グ、グォォォ……」

我紗髑髏からは動揺が感じられた。

「さて、次はこっちからいくぞ！」

魔導ショベルを魔圧ブレーカーモードに変え、我紗髑髏に打ち込む！

高速連射で骨が砕けた我紗髑髏がよろける。

「ガァア」

しかし、やられたにもかかわらず、骨の口が不敵に笑ったような気がした。

そしてその直後、砕けた骨が引き合うようにして戻っていき、腕が再生された。

――カタカタカタカタカタッ。

我紗髑髏が骨の顎を打ち鳴らし、勝ち誇るように笑った。

……お前の攻撃も通じてないからな？

「ウニュ～？」

「ク～？」

ウニとキャニが、どうするのと言いたげな目を俺に向けてきた。

確かに、敵の攻撃はこちらに通じず、しかし相手もすぐに再生するとなると、決着がつかず、千《せん》日手《にちて》になってしまう……

「とはならないんだな、これが」

俺はそう言ってパネル操作し、魔導ショベルをクランプモードに変更。

「いくぞ！」

そして我紗髑髏に接近し、クランプで左右から挟み込んだ。

我紗髑髏がもがくが、このパワーから逃げる術《すべ》はない。

「モググ～？」

「モグ～？」

「モグッ？」

「モ～グ～？」

「モギュ？」

モグラたちが可愛らしい鼻をぴくぴくさせ、不思議そうに見上げてくる。

どうやら、再生する相手をただ掴まえても意味がないと思っているようだ。

「問題ない。ここから更にモードチェンジ！　大型杭打機モードだ！」

我紗髑髏を締め付けた状態のままアームが増え、クレーンモードのブームのように空に向かって伸びていく。

そのアームの先端には、巨大な杭がついていた。

大型杭打機モードとは、建物を立てる際に必要な巨大な杭を土中に打ち込むためのものだ。

そしてその杭を、今回は攻撃に利用しようと思っているのである。

海で杭に電撃を放つ術式を付与した時のように、今回は聖属性の術式を付与してある。

実際、墓地で作業をする際に、アンデッドなどを浄化するため、聖属性の術式を組み込んでおくなんてことも普通に行っていたからな。

「そう、これが必殺の魔導式射出杭《パイルバンカー》だーーーーー！」

「アァアァアァアァアァアァアァアァアァ！」

リフトでガッチリ掴み動けなくなった我紗髑髏の頭上から、猛烈な勢いで杭が襲いかかる。

その杭は頭蓋骨や骨の体をあっさり貫通すると、そのまま地面に刺さり、一気に土中へと向かって突き進んだ。

……って、あれ？　やりすぎたかな？　勢い余ってかなり奥まで進んでいるような――

◇◆◇

「馬鹿な！　あの我紗髑髏まで倒されたというのか！　い、一体地上では何が起きているというのだ！」

不死王アナカリンスは驚愕《きょうがく》する。

そして同時に、せっかく復活させた配下が何者かによって排除されてしまったことに憤《いきどお》っていた。

「……ふん。どうやら多少はやるのがいるようだな。だが！　封印が完全に解けた後の余の力はこんなものではない！」

――ズドドドドドドドドドドドドドッ！

「何者か知らぬが覚えておくがよい！　余が復活した暁には――」

——ズドドドドドドドドドドドドドドドドドドドドドドドドッドッ！

「さっきから何なのだ、やかましい！　それに妙に揺れおる！　一体全体、何が起こっている？」

アナカリンスが苛々《いらいら》しながら叫んだ。

彼が封印されているのは、地中の奥深く、棺桶《かんおけ》の中である。

あまりに深く、周囲には岩しかないような状態だが、逆に言えば何者にも思考を邪魔されることはないと安心していた。

「とにかく、封印が弱まったらさっさと復活して——」

——ズドドドドドドドドドドドドドドドドドドドドドドドドドドドドドォオォォオオオ！

「えーい！　だからさっきからやかましいと言っておるだろう、いい加減——って、ぎゃ、ぎゃぁあぁあぁあぁあぁああ!?」

そしてアナカリンスの絶叫が土中に響き渡る。

不死の王は気がついていなかった。

ワークが打ち込んだ杭がまっすぐに地中を進み、それがアナカリンスを封印している棺桶に向かってきていることを。

こうして、復活を遂げようとしていた最強最悪の不死の王アナカリンスは、人知れず灰と化し、消滅していくのだった——

第5章　洞窟にあるもの

我紗髑髏を倒した後、骨を回収していると、立派な魔石が出てきた。これは……あのライムアンモナイトよりも質がいいな。

しっかり回収しなきゃな。

「よし、これで魔石もゲット！」

「ウニ～♪」

「ク～♪」

「「「「モグゥ～」」」」

ウニやキャニが嬉しそうにしているし、モグラたちは小躍りして嬉しさを表現してくれた。

一通りもふもふを堪能《たんのう》した俺は、次に何をするか考える。

やはり次はスライムが欲しいな。

スライムはジメッとした場所を好むので、それらしい場所を探すために魔導ショベルに乗り込んで山の中を進んでいると、ぽっかりと口を開けた洞窟を見つけた。

この洞窟なら、もしかしたらスライムも見つかるかもしれない。

ただ、洞窟の中は狭そうで、今の魔導ショベルのサイズのままでは進めないかもしれない。

ということで、ミニショベルモード——文字通り、通常の魔導ショベルより小型で操縦席がオープンなモードに変更する。

操縦席が無防備なので、防御面では気をつける必要があるな。まぁその分小回りが利くし動きも軽快という利点がある。

「……さて、行くか」

「ウニッ！」

「ク～」

「モグ～」

「モグッ！」

「モギュ～」

「モグモグ♪」

「モ～グ～」

準備を終えた俺の言葉に、皆も張り切って声を上げる。

なお、ミニショベルは完全に一人乗りなので、肩に乗ってるキャニ以外は、歩いてついてきてくれることになった。

ちょっと申し訳ない気もするけど、皆理解を示してくれた。勿論移動速度は皆に合わせる。

洞窟の中に入ると、妙に明るかった。

暗かったらライトをつけようと思っていたが、この明るさなら問題なさそうだな。

「ク～！　ク～！」

するとキャニが、俺の肩を可愛らしい手でツンツンしてから、洞窟の奥を示して何かを訴えてきた。

「もしかしてこっちは危ない？」

随分と必死な様子だ。もしかして何か危険でも感じたのかな？

「クー」

ふるふるとキャニが首を左右に振った。どうやら違ったようだ。

「ってことは、何かいいものがこの先にある？」

「ク～ク～♪」

キャニは頭を上下させた後、頬に擦り寄ってきた。

「キャニが何か見つけたみたいだ、行ってみよう」

「ウニ～」

「「「モグ～！」」」

皆もどこかわくわくした表情になっている。足取りも軽いな。単純にこういう場所の探索が好きなのかもしれないけど。

特に迷うような道もなく、キャニの示した方向にまっすぐ進んでいく。

するとその先で、頭上から吹き込んでくる風を感じた。

そこは、広めの空間になっていた。天井は穴が開いていて、青い空が覗《のぞ》いている。

そして視線を地面に戻すと――

「キュピ～！　キュピ～！」

そこにスライムがいた。しかも、魔力が豊富とされる種族のブルースライムだ。

「ウニィ！」

「あぁ、確かにあれはスライムだが……」

俺の知っているスライムはけっこう小さいのだが、あれはちょっと大きめだ。ウニより少し大きい程度だろうか。

そして、そのブルースライムを囲うようにして、いくつもの鎧《よろい》が空中に浮かんでいた。もしかしてあれは……リビングアーマーか？

長く放置された道具にマナが溜まり、意思を持ったように動き回ることがある。これも魔物扱いされることも多い。

しかし、よっぽどマナの濃いところでないと見られない現象でもある。そこで俺の脳裏にある考えが浮上した。

もしかして、この奥にマナ溜まりがあるのではないか？

マナ溜まりの周辺はマナが濃くなるし、マナ溜まりは青白く発光するのだが、洞窟内もマナが濃い影響で明るくなってるのかも……


だとしたら、キャニの言う『いいもの』とは、マナ溜まりのことだったのかな。

まだはっきりとしないが、今はとにかくこのリビングアーマーとスライムだ。

一般的には、こういったリビングアーマーの強さは元の鎧の性能に左右されることが多い。

このリビングアーマーはといえば、それなりの性能の装備品から生まれているようだ。中堅《ちゅうけん》冒険者でも苦労する相手かもしれない。

しかしこれ、やっぱスライムが襲われているのだろうか？

スライムは俺も狙っていたわけだし、見過ごすわけにはいかないな。

「よし、とりあえずあの鎧を倒そう」

「ウニィ！」

「モグ〜！」

「モギュ！」

「モグッ！」

「モグモグ！」

「モ〜グ〜！」

「ク〜！」

皆も元気よく答えてくれる。

あれ？　でも、ウニは長い付き合いだし戦えるのも知ってるけど、他の皆は戦えるんだろうか？

「ク～♪」

するとキャニの額の石が光り出し、かと思うと全員の体が一瞬赤く光った。

「何かしてくれたのかな？」

「ク～♪」

ふむ、どうやらキャニは魔法のようなものが使えるらしいな。

そしてモグラたちは、穴を掘って地面に潜っていった。とてもモグラっぽい。

俺はミニショベルを操作して、スライムを囲む鎧たちに突進すると、バケットを振り回し鎧を殴り飛ばしていく。

鎧のいくつかは吹っ飛ぶと、地面に落下すると同時、地面に開いた穴に呑《の》み込《こ》まれていった。

あれは……モグラたちがやってくれたんだな。流石はモグラ、穴掘りがうまいな。

「ウニッ！」

ウニも負けじと槌を手にしてリビングアーマーに挑みかかっていく。

小さくて可愛らしいウニだが、戦闘となればその力は侮れない。

あの槌も、インパクトの瞬間に魔力で重量が増えるようになっていて、小さいウニの体でもかなりの威力が出るようになっている。

ウニの攻撃で鎧たちがどんどん倒されていくのを見つつ、俺もミニショベルを操作していたのだが、ふいに、倒しきれていなかった鎧が浮かび上がると、俺に向けて突撃してきた。

「――しまった！」

ミニショベルモードだと、操縦者を守るものは何もない。

「ウニィ～！」

「「「「モグ～～～!?」」」」

ウニたちが叫び声を上げるが、体当たりされる寸前、鎧は何か見えない壁に阻まれたように動きを止めた。

「今のはちょっと焦ったぞ！」

その隙を狙ってカウンターで反撃。これで鎧は最後の一体だったみたいだな。

でも、今のって――あ！

「もしかして、キャニの力か？」

「ク～♪」

俺の問いかけに、ふわふわの尻尾を揺らしてキャニが答えた。

そうか、あの光は、全員に障壁のようなものを施していたんだな。

キャニは随分と強力な力を持ってたみたいだ。

しかし、一瞬ヒヤリハットな瞬間はあったけど、終わってみれば圧勝だったな。

とりあえず、この鎧は鉄みたいだし、使い道があるかもしれないから回収しておこう。

さて、あと重要なのはやはりスライムだな。

俺は一旦、ミニショベルから降りて近づいてみた。

「キュピ～♪」

すると、スライムが鳴き声を上げながら俺の足に擦り寄ってくる。

鳴き声は、甘えたような感じだ。

もしかしてこれって……

「懐かれた？」

「ウニィ？」

ウニやモグラたち、キャニもこんな感じの反応だった気がするな。

「キュ～♪」

それにしても、ここでまさかスライムにも懐かれてしまうとは。しかもちょっと可愛らしく思えてしまう。

参ったな、流石にその体が目的だったんだ！　なんて言える雰囲気でもなくなってしまったぞ。

かなり甘えられていて、正直このスライムを狩って素材にするというのは躊躇《ため》われる。

「ウニ～……」

ウニも俺の足元でスライムと俺を交互に見て、狩るの？　狩っちゃうの？　という目を向けてくる。勿論、ウニから感じられるのは見逃してあげてという感情だ。

「モグ～……」

「モキュ～……」

「モグモグ……」

「モグッ……」

「モ～グ～……」

「ク～ク～……」

モグラたちやキャニも、俺の脚に縋《すが》り付《つ》いて切ない声を上げながら、うるうるとした目で俺を見上げていた。何て破壊力だ。

「うん。そうだな。ここまで懐かれると、そんな気は起きないし」

「キュピ～？」

スライムは、なになに～？　と言いたげに鳴く。ちょっと頭、といっていいかわからないけど顔っぽい部分が持ち上がったし。

「ま、助かってよかったな。今度からは気をつけろよ」

「キュ～♪」

頭を撫でると、スライムが機嫌の良さそうな声を上げた。随分と人懐っこいな。

さて、期せずしてスライム助けをしてしまったな。ま、素材になるスライムは他でも見つけられるだろう。

「行くか、皆」

「ウニュ」

「「「「モグ～モグ～」」」」

「ク～♪」

そして俺たちは洞窟の先へと歩を進めることにしたのだが――

「キュピ～♪」

「え？」

声が聞こえて振り返ると、なんとあのスライムが後ろからついてきてしまっていた。

「おいおい、一緒に来る気か？」

「キュピ～♪」

スライムが体をプルプルと震わせた。肯定の意思表示か。

まさかここまで懐かれるとは。

……ふむ、これまでみたいに、一緒に来るかと持ちかけることは出来るが……ただやっぱり話しておいた方がいいだろうな。

「一応言っておくと、本当の目的はお前の体だったんだぞ？　素材として必要だったんだ」

言って理解出来るかはわからないが、決して善意から助けたわけではなかったことを知ってもらいたかった。

そんな俺の言葉に、スライムはプルプル震える。

「キュ～？　……キュッ！　キュピ～」

「うん？」

そして、さっきより激しく震え始めたかと思えば、ポンッと二体に分裂した。

おお、驚いたな。

いや、スライムが分裂することがあるのは知っていたが、どんなスライムでも出来るというものではないからな。

それにしても、分裂した方のスライムは全く動かないな。意思が宿ってない？

「キュ～♪」

スライムが俺に何か訴えるように鳴いた。ふむ、これってもしかして……

「この分裂した方を好きにしていいってことか？」

「キュ～♪」

なるほど、そういうことか。これならこのブルースライムを倒さなくてもよくなる。

だが、実際はそう簡単な話ではない。こうして分裂したスライムは、素材としての質がやや落ちてしまい、分裂すれば分裂するほど、更に劣化して……って、あれ？

俺はスライムの分裂体を持ち上げ、よくよく観察してみたが――これ、全く劣化していない。

「待て待て！　本当かよ！　ちょ、これまだ作れるのか？」

「キュピ～♪」

するとスライムがポンポンッと分裂し、その場に意思のないスライムの体がいくつも並んだ。しかも全く劣化していない。

「す、すごいぞスライム！　これはすごい！」

「キュピ～」

声を上げて褒めると、スライムも嬉しそうにプルプルと震えた。

しかし驚いた。これならスライムを狩る必要もなくなる。

「キュピ？」

スライムは、どうどう？　と言いたげな様子で体をウネウネさせた。

うーん、ここまで懐いてくれているしな。

「……なら、お前も俺と使い魔契約を結ぶか？」

「キュッ！　キュピ～」

スライムがポンポンっと地面を跳ねた。とても嬉しそうだ。

まあ、このままここで別れて、またすぐに他の魔物に襲われて死んでしまったりしたら、ちょっと寝覚めが悪いしな。

他の皆とも仲良くやれそうだし、とにかく納得しているなら契約を結ぶとしよう。

「なら善は急げだ」

俺はそう言って、早速使い魔契約を結ぶ。

「よし、これでお前は俺の使い魔になったが、そうなると名前がいるか」

そうだな――

「うん、よし、ならキオン。これでどうだ？」

「キュ？　キュピ～！　キュ～♪」

おお、どうやら喜んでくれたようだ。

「キュピ～」

「ウニ～」

「ク～」

「モグ～」

「モキュ～」

「モッ！」

「モグモグ」

「モ～グ～」

キオンはウニたちとすぐに打ち解け、すっかり仲良くなっていた。

「ウニィ」

「キュ〜♪」

特にウニとキオンの仲が良いな。じゃれ合う姿が可愛らしい。

……何だこれ、ヤバいな。男の俺でもついつい母性に目覚めそうになるほどだ。

「ウニ〜♪」

「キュピッ！」

「な⁉」

するとなんと、ウニはキオンに騎乗してしまった。

な、何だこれは！　すごく似合っていて、凄まじい破壊力だ！

「お前ら可愛すぎだろう！」

「ウニ〜？」

「キュピ〜？」

こてんこてんっと揃って小首を傾げたその仕草もまた可愛い。いやスライムはそもそも首がどこかわからんから雰囲気的な話だけど。

「ク〜」

「「「「モグ〜モグ〜」」」」

キャニやモグラたちも微笑ましそうに見ているな。

……さて、気を取り直して、と。

他に何か素材になるものがあるかもしれないので、洞窟の奥へと進んでいく。

背中にウニを乗せたキオンは、意外と速い動きでミニショベルで移動する俺についてきてくれた。ポンポンッと跳ねるような移動方法だ。ウニも器用に乗りこなしている。

進むうち、リビングアーマーがよく現れた。この洞窟には放置された装備品が多かったようだな。

しかし、こんな未開の島にどうして？

過去に島に上陸した誰かが、捨てていったんだろうか？

「ウニュ〜」

「キュピ〜」

「ク〜」

「あぁ、武器だな」

また、出てくるのはリビングアーマーばかりではなかった。

剣や斧、槍《やり》や槌などの武器も宙に浮き、襲いかかってきたのだ。リビングウェポンとでも呼ぶか。

まぁ、どっちにしろ問題ない。魔導ショベルのバケットを振り回して排除していく。

「ちょっと鬱陶しいな。だったら……ショベルスピンアタック！」

ミニショベルでも三百六十度旋回は可能だ。

勢いよくぐるぐると回転しながら突っ込んでいくと、リビングウェポンやリビングアーマーが弾き飛ばされていった。

「ウニィ！」

「キュピッ！」

ウニとキオンのコンビもいい感じだ。

ウニは土の魔法で石礫《いしつぶて》を連射し、キオンは体の一部を弾丸のように飛ばしてリビングウェポンを片付けていった。どうやら豊富な魔力を弾丸に乗せて、攻撃力を上げてるみたいだな。

二人のおかげで弾幕が張られ、相手も近づけない。

ふむ、さっき仲間になったばかりなのに、まるで昔からのパートナーのように息が合っているな。

防御面でもキャニの障壁が効いている。モグラたちも穴を掘るだけじゃなく、敵を爪で引っ掻いてサポートしてくれた。

互いに連携が取れていて実にいいことだ。

「ク～！　ク～！」

その調子でどんどん進んでいくと、次第にキャニの鳴き声が大きくなった。

もしかしたら、マナの反応が強くなってるのかもしれない。

そして俺たちは、武器や盾、それから鎧なんかの、大量の装備品が山積みになっている場所に辿《たど》り着《つ》いた。

「これ……全て廃棄物か？」

俺は誰に問いかけるでもなく、疑問の声を上げる。ウニたちも、それぞれ首を捻っていた。しかし、本当に多いな。この山だけでかなりの量だ。

そんな感想を抱きつつ、先に進もうとする俺たちだったが、その時、廃棄されていたと思っていた装備品の山が動きを見せた。

「おいおい、こいつもかよ」

「グオオオォオォオオォオオォオオォオオオォオオ！」

「キュピッ!?」

「ウニュ！」

「ク～！　ク～！」

「「「「モグ～！」」」」

そして、装備品の山から人型の巨体が形成された。

こいつは……ゴーレムみたいなものか？

リビングアーマーと同様に鎧がボディ部分になっているが、腕には剣などの武器がくっついている。

ゴーレムは特定の物が集まり人型となった意思ある魔物で、元となった物の名前が種族名の前につくことが多い。

つまり、アスファルトゴーレムは文字通りアスファルトが主成分になっているということだ。

となると、こいつは名付けるならアームドゴーレムと言ったところか。

そんなどうでもいいことを考えていたら、アームドゴーレムが体を構成する武器を発射して先手を打ってきた。

しかし――

「残念だったな。俺には頼りになる仲間がいる」

ゴーレムの攻撃は全てキャニの障壁に弾かれた。

「ここは広い。そっちが巨体ならこっちも大型魔導ショベルだ！　皆！」

「ウニッ！」

「キュピ～♪」

「ク～！」

「「「「モグッモグ～！」」」」

俺の魔導ショベルが大型に変化したところで、皆が一斉に運転室に乗り込んだ。

まぁこれでも、相手の方は五メートル以上あり、こちらよりデカいが……戦闘はデカければいいというものでもない。

建築重機の力をとくと見せつけてやるぜ！

俺はアームドゴーレムと対峙《たいじ》すると、小手調べとして高速でバケットを振り回した。

その一撃で、伸ばしてきた相手の腕が粉砕される。

「おいおい、意外と脆いのか？」

「キュッ！」

「ウニィ～！」

キオンとウニがはしゃぐが、破壊されバラバラに崩れ落ちたと思ったゴーレムの腕は、また集まり元の状態に戻った。

「グォオオッォオォオォオォオオオォオオ！」

再び雄叫《おたけ》びを上げたアームドゴーレムの腕は、巨大な剣に変化した。流石装備品の集合体だな。

「ク～！」

「「「「モグモギュモッグ～！」」」」

キャニとモグラたちが焦ったような声を上げる。

さっきもそうだったけど、再生する相手は確かにちょっと面倒だよな。

さて、相手は剣か。ならこっちも、バケットを変化させるか。

バケットをフォークモードに変更し、更にフォークからハサミのように変化。

そしてアームドゴーレムが振るった剣と切り結ぶ。

――キンキンキンッ！

互いの刃がぶつかり合う。

だが――ガキィィイン！　と俺のハサミが相手の剣を挟み込んだ。

「ク～？」

キャニが、これからどうするの？　と俺を見る。

力も拮抗《きっこう》しているし、このままでは決着がつかない。

「ならば、腕をもう一本増やせばいい！」

俺はもう一本のアームを展開すると、その先端のバケットを破砕機に変化させ、アームドゴーレムを挟み砕いていく。

「――ッ！」

流石に慌てたのか、アームドゴーレムは剣になった部分を切り離して飛び退いた。

相変わらず、壊れた部位がまた元に戻ろうとしているけど――手は考えている！

「魔導リフティングマグネット！」

バケットの部分が、厚みのある円盤《えんばん》状に変化した。これは磁力《じりょく》で金属を吸い付けるモードである。

これによって、元に戻ろうとした装備品を引き寄せ、くっつけることが出来るのだ！

地面に落ちた装備品はマグネットにくっつき、アームドゴーレムの再生が止まる。

「………」

そしてアームドゴーレムは、こっちをじっと見て立ち尽くした。

頃合いかもな。

「実は考えていたことがあってな」

「キュピッ？」

「「「「モグモグ～？」」」」

俺が呟くと、キオンとモグラたちがなになに～？　と見上げてくる。そんなふとした仕草も可愛いな。

さてと、俺はアームドゴーレムに対して声をかける。

「このままやれば俺の勝ちは間違いない。だが、お前が気に入ったんだ。それだけの装備品を集めてゴーレムになれるぐらいだ。それなりの自我はあるんだろう？」

ここまでの道中にいたリビングアーマー程度だと、自由に動けてもはっきりした自我はないことが多い。

しかしこいつは、ここに廃棄されていたであろう多数の武器を身に纏っていたし、それなりの力を宿しているのだろう。

その力の強さに比例して、それなりにしっかりした自我を持っている可能性も高い。

それなら交渉出来るだろうと思ったのだ。

「…………」

返事をする様子はなかったが、抵抗する気はもうなさそうだな。

「よかったら俺と契約しないか？　ちょっと猫の手ならぬ鎧の手も借りたい状況でな。勿論、契約してくれたらしっかり手入れはするぞ？」

俺はそこまで言って、相手の反応を待つ。

数秒の沈黙が流れ、ゴーレムはコクリと頷いてくれた。どうやら契約してくれる気になったようだ。

今俺が誘わなければ、こいつはこのままここで一人ぼっちになる、というのも少し可哀想だからな……勿論、利益のことだって考えている。

今後、警備用ゴーレムとして働いてもらおうと考えたのだ。

家の周囲、けっこう物騒だしな。壁を建てるにしても、そういう役割は必要になる。

「よし、なら契約しよう！」

「ゴッ！」

ゴーレムが返事をしコクコクと頷いた。

そういうわけで、体を構成する素材を戻してやってから、契約を完了する。

これでまた使い魔が増えたな。

「これからよろしく頼むな」

「ゴッ！」

短く返事して頷くゴーレムは、ちょっと嬉しそうにも見える。

「さて、名前をつけたいと思うんだが……」

「ゴッ……」

ゴーレムはどことなく、期待に満ちた表情だ……と思う。

俺はしばらく考えてから、名前を決めた。

「よし、お前の名前はルベルだ！　どうかな？」

「ゴッ！　ゴッ！」

ルベルは嬉しそうに両腕を上げて、ズシンズシンとステップを踏む。

よかった、気に入ってくれたみたいだ。

「ウニュ～」

「キュピ～」

「ク～ク～」

「モグ～」

「モグッ！」

「モギュ～♪」

「モグモグ♪」

「モ～グ～！」

「ゴッ！」

うん。皆もルベルを歓迎してくれているな。

これで警備用ゴーレムのルベルをゲットだぜ！

ただ……一つだけ困ったことがある。

「ただ、ちょっと大きいな。ルベルは大きさは変えられるか？」

「ゴッ！」

するとルベルがどんどん小さくなり、三メートルくらいの大きさになった。

わりと大きさは自由が利くようだな。これはいい。

「ゴッ！」

「モグモグ」

「モグッ！」

「モギュ」

「モグ～」

「モ～グ～」

ルベルがポーズを取ると、鋼のボディにモグラたちが飛び乗った。

肩に乗ってバンザイしたり、脇にしがみついたり、腕にぶら下がったり、背中に乗ってみたりしている。

とても微笑ましい光景だな。モグラたちもとても楽しそうだ。

「ク～♪」

キャニは俺の頭の上に移動して、フサフサの尻尾を揺り動かした。とても心地よい。

みんな仲良くなってくれたし、楽しそうで何よりだな。

さてと、アームドゴーレムを使い魔にしたことだし、先に行くかな。

「ク～ク～」

キャニがあっちあっちと促してくれる方向へ、魔導ショベルに乗り込んで進んでいく。

モグラたちを乗せたルベルは、後ろからついてきてくれた。

進むことしばし、だんだんと青白い光が強まり、マナ溜まりを見つけた。

けっこう規模が大きい。見事なものだな。

「すごいぞキャニ」

「クゥ～ク～♪」

肩に移動したキャニの頭を撫でてやると、気持ちよさそうに目を細めた。尻尾も左右に揺れている。

それにしても、これはなかなか壮観だな。

マナ溜まりはマナの泉と呼ばれることもあるのだが、ここまでの大きさとなると、相当珍しいと思う。

「せっかくだからここでご飯にするか」

「ウニ!?　ウニィ」

「キュピ～♪」

「ク～♪」

「「「「モグ〜」」」」

「ゴッ！」

ご飯と聞いて、皆も喜んで甘えるように擦り寄ってきた。まったく、可愛い奴らだ。

というわけで、魔導ショベルを魔導作業車にモードチェンジする。

カルセル王国の王都を逃げ出す際に使ったものだが、中はそれなりに広く、簡単な調理が出来るキッチンも用意してある。

俺は次元倉庫にしまっておいたデュランサウルスの肉を取り出すと、早速フライパンで焼き始めた。

今回は、骨が持ち手になるように肉をカットし、そのまま豪快に焼くことにした。

「よし、なかなかワイルドな仕上がりになったな」

「ウニィ」

「モグ〜」

「モグッ！」

「モグモグ♪」

「モ〜グ〜♪」

「モギュッモギュッ」

「キュ〜」

ウニとモグラたちは、肉を焼いている最中から、ぽたぽたと涎《よだれ》をこぼしていた。キオンもとってもプルプルしている。

そしてキャニには保存しておいた果物を出してあげた。次元倉庫内は時間が経過しないので、こういったものの保存にはとても便利なのだ。

「ほい、食べていいぞ」

「ウニ～」

「モグ～モギュ～」

「キュピ～」

皿に骨付き肉を載せてあげると、皆嬉しそうに飛びついた。

ちょっと大きいかなと思ったけど、ウニもモグラたちも嬉しそうに肉をはむはむしている。可愛い。

キオンは……体の中に肉を取り込む形か。ただ、すぐに消えていく感じではなく、体内に骨付き肉がプカプカと浮かんでいた。

鳴き声はとても幸せそうだから、もしかしたらより味わうためにじっくりと吸収しているのかもしれない。

「ク～♪」

キャニはリンゴをシャリシャリしていた。正式にはガッブルだけど、まぁリンゴでいいだろう。

さて、俺も骨を手に持ち肉にがぶりと噛み付いた。

歯が食い込み、少し押し戻される感覚。ある程度の弾力があって、食べごたえたっぷりだ。

味付けは塩コショウだけなので、その分素材の旨味が存分に感じられる。

ふむ、ヂュランサウルスの肉は首長竜より歯ごたえがあるな。俺は肉の味はじっくり味わいたいタイプなので、こっちの方が好みかもしれない。

ま、どっちも美味いんだけどな。

ちなみにルベルはゴーレムなので食事を必要としない。

ただ、自分の分の肉を食べ終わったキオンがルベルの体にしがみつくように移動すると、鋼の体がピカピカになっていった。

どうやらキオンは、汚れを落とすことも出来るみたいだ。

「ゴッ♪」

これにはルベルも喜んでいるようだった。期せずして、手入れをしてあげるという約束が果たされたことになる。

そんな光景を横目に、神秘的なマナの泉を飽きることなく眺めながら、俺は食事を続けるのだった。


食事を終えた俺は、このマナ溜まりをどうするか考える。

マナ溜まりは発魔所にすることで、安定的な魔力供給が出来るようになるのだが、これはかなり大掛かりな工事になるし、特殊な合金も必要になる。

現状はまだまだ厳しいかな。

王都の魔導建築で造られた魔導設備や建造物は、何も魔導建築士一人だけの手で全て造られたわけじゃない。

建造の際には、それ相応に職人の手も必要だったと聞いている。

俺がほとんど一人でも何とかやれていたのは、大きな建造物を造ることがほぼなかったからだ。もしもっと大きな改修をするとなれば人手は必要だし、俺が追い出されるきっかけとなった見積りにも、他国からの職人の派遣をお願いするよう明記してあった。

なぜ国内の職人ではなく他国の職人を求めていたかというと、王都の職人の腕が最悪だったからだ。素人に毛が生えたような連中が多く、これなら趣味で工作をやってるおっさんとかの方がまだマシかもしれない、ってのがゴロゴロいたからな。

かつてはそんなことはなく、腕のいい職人が多くいたという。

そしてその中には、ドワーフもいたとか。

ドワーフといえば、鍛冶《かじ》や物作りにおいては右に出るものはいないとされる種族だ。その腕があれば、さぞかし建築作業も楽だったことだろう。

ただドワーフはいつしか王国から……というよりは大陸からいなくなったらしい。それも俺の師匠より更に三世代ぐらい前の話らしいが。

ともあれ、発魔所についてだが……とりあえず、今は慌てて作る必要もないだろう。

今はもふもふな……一部がっちりしたゴーレムなども増えたけど、仲間たちと気ままに過ごしているだけだ。

魔導建築士という職業柄、必要がなくても作れるかどうか考えてしまうのだが、悪い癖だな。

俺は皆の方を振り返る。

「さて、飯も食べたし、そろそろ戻るとするか」

俺がそう言うと、皆が楽し気に答えてくれた。

「キュピ～♪」

「ウニュ！」

「ク～♪」

「モグッ！」

「モグ～」

「モギュ♪」

「モ～グ～」

「モグモグ♪」

「ゴッ！」

う〜ん、こうして見ると、島に来てから賑やかになったな。

俺たちは立ち上がり、魔導作業車を魔導ショベルに変形させて乗り込む。

ルベルはついてきてもらう形でそのまま引き返そうとしたところで、通路の向こう側からバッタみたいな生物が姿を見せた。

どうやら鎧以外にも魔物はいたようだな。しかしこのバッタ、やけに体が透き通っているぞ。

「モグッ！」

「ウニッ！」

「モグッ！」

「ウニィ！」

マーボとウニが、鳴き声を交わす。

「あ、あれは！」「知っているのかマーボ！」みたいなノリで二匹は話しているようだ。

どうやらあれは、ガラスホッパーという名前の魔物らしい。

名前の通り、体がガラスで出来ているようだ。

これはちょうど良い、ガラスは種類によっては石英の代わりになるはずだ。

どうやって倒そうかと思っていると、パッ！　と魔物が視界から消えた。

「ウニィ！」

「キュピ〜」

ウニとキオンが驚いている。モグラたちもキョロキョロして慌てている。

すると、あらぬ方向から光線が放たれた。

「キュピッ⁉」

「大丈夫だ」

光線が魔導ショベルに当たるが、明後日の方向に跳ね返った。反射加工もしっかりしてあるからな。オンオフも自由が利く。光の攻撃なら問題はない。

「ゴッ！」

一方ルベルはもろに当たっていたが、流石に頑丈だ。多少喰らったところでビクともしない。

おそらく、あのガラスホッパーが姿を消し、光線を放ってきたのだろう。

「モ〜グ〜？」

イッキが心配そうに首を傾げた。

いくら魔導ショベルが光線を跳ね返せるとはいえ、見えない相手をどうやって倒すのか心配しているようだ。

「大丈夫だ。こっちにはレーダーがあるからな」

俺はモグラたちの不安を払拭《ふっしょく》するように言葉を返す。

パネルに映ったモニターを確認すれば、ガラスホッパーの反応をしっかりと捉えていた。

「ルベル！　右斜め後方だ！」

「ゴッ！」

ルベルが俺の指定した方向に向かって腕を振るうと、何か硬い物に当たった音が聞こえた。おそらくガラスホッパーに当たったのだろう。

続けて、俺はレーダーを頼りに、ガラスホッパーがいるである位置を魔導ショベルのバケットで叩き潰していく。

咄嗟に避けられたり、反撃の光線が飛んできたりもしたが、無事にガラスホッパーを倒すことが出来た。

倒したことで、ガラスホッパーの体の透明度が下がっていき、普通に見えるようになっている。

改めて見てみれば、どうやらこのガラスは石英ガラスのようだ。

よし、これで一通りの材料は揃ったな。

「これだけあれば、ひとまず必要なセメントは確保出来るだろうな。セメントが出来ればマンクリートも作製出来る」

「ウニィ～」

ウニが俺の膝の上に乗ってグッと腕を曲げた。やったね！　と喜んでくれているようだ。

幸運なことに目的を達成出来た俺たちは、マナ溜まりの場所をしっかり覚えておき、プレハブへと戻ることにしたのだった。

第6章　マンクリートと竹の姫

その日の夜も、やはり魔物がプレハブに近づいてきた。ただ、今回はルベルがいてくれたのである程度は助かった。

もっとも、ルベルだけに戦わせるわけにもいかないから、途中で交代してルベルを休ませた。壁が出来るまでは、しばらくこんなやり方が続くだろうな。

「キュピ～」

「ゴッ！」

明朝、皆で朝食の席につくと、食事をとり終わったキオンが、ルベルを労うように体を這《は》い回《まわ》り汚れを取ってあげていた。

キオンのおかげでルベルの鋼の肉体がピカピカに磨き上げられる。

「ゴッ！」

「キュピ～♪」

ルベルは両手を上げて嬉しそうに声を上げ、キオンも満足そうだ。

そんな二人を見守りつつ、全員の食事が終わったところで、マンクリート造りが始まった。

昨晩のうちに水の蒸留作業は済ませてある。

さて、まずは蒸留水と魔石を組み合わせ、魔水を作るか。

最初の作業として、魔石を細かく砕く必要がある。

「皆も手伝ってもらっていいかな？　これを砕いてほしいんだ。あと、キオンは分裂体を用意してもらいたい。その後は、この鉄をいくつか酸化させてほしい」

キオンは酸を使った攻撃を使えるらしく、その能力を活かして、物質をより早く酸化させることが出来る。

そんなこんなで、皆で作業したおかげで魔石を粉状にするのは比較的簡単に出来た。ルベルもパワーがあるし、最終的には魔導ショベルの破砕機を活用したりもした。

「モグ～？」

ある程度下処理が終わったところで、タンボがこれからどうするのかと問うように鳴き声を上げた。他の皆も興味深そうに見ている。

次に出番となるのが、プレハブ地下の作業室に備えた魔導ミキサーだ。

「この粉にした魔石と蒸留水は、ミキサーにかけて混ぜ合わせるんだ。このミキサーは後でマンクリートを作る時にも使うけど、これはその前段階の下ごしらえと言ったところだな。それから、キオンの分身体も一緒に入れることで、マナの質を高めることができる」

「ク～」

説明しながらの作業工程を、興味深そうにキャニが見ている。

「こうして混ざり合ったのが魔石水だが、これはまだ不純物が多い。これを純粋な魔水《まみず》にする必要があるのだけど、このために遠心分離機を使う」

俺はそう言って純粋な魔水のみを分離、抽出した。

「これでマンクリートに必要な魔水は出来たな。後はセメント造りだ」

作業室の床面に窪《くぼ》みを作製し、セメントの素材を入れていく。

今回の素材は、ライムアンモナイトの貝殻、ギプスマミーから採取したギプス、川から採取しておいた粘土、そしてキオンに頼んで作製した酸化鉄を細かく砕き乾燥させたものだ。

こうして作ったセメントの素材を窪みに注ぎ入れて、と。

「本来は炉《ろ》があるといいんだけどな。ここでは代わりにこの魔導バーナーを使う」

取り出したのは魔導バーナー。火を噴出する魔導建築機具で、主に溶接作業で使う。

「ルベル、ちょっと危ないから、モグラたちとキオンを連れて離れていてくれ」

「ゴッ！」

「「「「モグ～モ～グ～」」」」

「キュピ～」

皆素直に言うことを聞いてくれた。

ちなみにウニとキャニは俺の左右の肩にそれぞれ乗っている。

皆が離れたのを確認してから、魔導バーナーのダイヤルで圧を調整して、着火ボタンを押す。

するとすぐに、魔導バーナーの先端にボッと青い炎が灯った。火が青いのは魔力を含んでいるからだ。魔力を含めた青い炎の方が火力が強い。

ちなみに、炎を扱う魔法も存在するが、青い炎を出せる魔術師は少ないとされる。何でも、相当高濃度の魔力をうまく制御して組み込まないといけないので簡単な話ではないらしい。

建築術式ではけっこう簡単に再現出来るので、そんなに難しいのか？　という気もするが……

ともかく、凹みに入れた素材に向けて青い炎を噴射。

そうして焼いた後、魔導冷却ガスを吹き付けて冷却することで、クリンカと呼ばれる黒っぽい塊が出来る。

これでとりあえず準備は出来たな。

「モグモグ」

「って、マツオ！　それ食べ物じゃないから！」

モグラのマツオがクリンカを口に含んだ。

「ペッ！　ペッ！」

そしてすぐに吐き出した。そりゃそうだ。

「大丈夫か？」

「モグモグ～」

涙目のマツオがヒシッと俺に抱きついてきた。やれやれ、何でも口にしていいわけじゃないからな。頭を撫でてあげてから、次の作業に移る。

クリンカはセメントの前段階の材料だ。これを再び粉々になるまで砕き、更にそこに石膏を混ぜて、っと――よし！

「まずはセメントが出来たぞ～」

「モギュ～」

「モ～グ～」

モグタとイッキが床をゴロゴロしながら鳴いている。喜びを表現しているのかもしれない。

さて、ここまで出来たら後はそう難しくない。

ミキサーにセメントと魔水、そこに砂と砂利を投入して混ぜればいいだけだ。

ただし、魔水を扱うミキサーは建築術式を施したものである必要がある。

魔水とセメントをただ混ぜただけでは、うまく結びつかずにすぐに分離しちゃうからな。

だからミキサーにかけながら、建築術式の作用でうまく結びつけてやるのだ。逆に言えば、建築術式さえしっかりしていればマンクリートの作製はそこまで難しくはない。

ちなみに、マンクリートの作製方法は代々受け継がれたものだが、俺が術式にちょっと手を加えて効率化してみたところ、師匠にたいそう驚かれてしまった。大したことをしたつもりはなかったので、妙に評価されてくすぐったかった記憶があるな。

それからある程度の時間が過ぎ——ついにマンクリートが出来た！

マンクリートは普通のコンクリートと違って、出来上がりがちょっと青みがかっているのが特徴だ。それに透明感もある。

更に、風化や引っ張る力にも強く強靭になる。

そして術式と組み合わせることで、様々な効果を発動出来るのが最大の特徴で、色なんかも自由に変えられる。

などなど、とても万能なのがマンクリートの強みなのである。

「無事に作れてよかったよ。とにかくこれで、この島でもマンクリートを作れることがわかったな」

「ウニ〜」

ウニも嬉しそうに声を上げる。

ただ、これはあくまで試作品だ。

これで壁を作ろうというのだから、それなりの量がいる。

その素材が確保出来るかというところだが……

レーダーで見る限り、必要な素材になりそうな魔物の反応は多かった。石灰についても、海に潜って魔物を狩ることで確保出来るだろう。

素材の問題はないとわかって一安心だが、素材があっても作業スペースが狭すぎる。

「うん、やっぱり造るか。魔導反射炉を」

「ク～？」

キャニがなになに～？　という顔で肩から覗き込んできた。

他の皆も、じっと俺を見つめている。

「マンクリートと、その素材となるセメントを、大量に造る必要があるだろう。そのために魔導反射炉を造る。まぁマンクリートで反射炉を造るだけの簡易なものだけどな」

正式なものだと発魔所を作って魔導管を引いてくる必要があるが、とりあえずはマンクリートで作製する簡易タイプの魔導反射炉でいいだろう。

「後は、壁を作る際に必須の型枠造りだな。そのための素材も集めなきゃ」

これに関しては、木材かなと俺は思っている。山へ行って使えそうな木を探すことになるだろう。

とは言え、マンクリートの作製だけでも随分と時間がかかった。既に外は暗いし今日はもう休もう。


翌日、朝食をとりながら、俺は皆の顔を見回す。

「今日は分担作業について話し合おうと思う」

「キュピ？」

「ウニィ？」

「ク〜？」

「「「「モグ〜モグモグ？」」」」

「ゴッ？」

皆が何だろう？　という顔を見せたので、俺は細かく説明する。

「魔導反射炉にしろ壁にしろ、結構な素材が必要だからな。皆で一緒に動くよりも、手分けした方が早いと思ったんだ。特に石灰は、水に潜れる俺が行く必要があるし」

基本的に、セメント造りで最も量が必要なのは石灰だ。

だから俺のメインの仕事は、海に潜ってひたすら石灰の素材になる魔物を倒すことになるだろう。

鉄は十分にあるから問題ない。

石膏については、包帯が大量にあるし、スケルトンの骨にキオンの酸をかけることで石膏になることが判明したので、こちらも問題ないだろう。

キオンには、プレハブの中で鉄の酸化と石膏作製をお願いすることにした。

後はガラスだが、これはまだまだ足りないので、皆にはガラスホッパーをメインに狩ってもらう。

同時に、型枠作製に必要な木を探すのと、魔物を倒した際に魔石を忘れず取ることを頼んだ。

魔石は俺が倒す海中の魔物でも手に入るとは思うが、たくさんあるに越したことはないので、一応意識してほしい。

ガラスホッパー狩りについては、ルベルは強いしキャニのおかげで障壁も張れるから問題ないとは思うけど、やっぱり心配ではあるから、最初だけはついていくことにした。

というわけで、洞窟に辿り着いて進むことしばし、ガラスホッパーが出現した。

今回は俺は手を出さないが、姿を消してしまうこいつを、皆はどう倒すんだろうか？

「モグ～」

「モギュ！」

「モグッ！」

「モグモグ」

「モ～グ～」

だがしかし、心配する必要は全くなかった。

なぜなら、モグラたちが大活躍してくれたからだ。

モグラたちはガラスホッパーを見つけるとまず地面に潜り、落とし穴を掘りまくった。

これによって、ピョンピョン跳ね回って移動するガラスホッパーはどこかしらの穴にはまって落ちてしまう。

光線も、地面の中から放たれても避けるのは簡単だし、先制攻撃されても壁になったルベルによって守られる。キャニの障壁もあるから全く問題にならなかった。

落とし穴に落ちた後は、ルベルやウニの魔法で倒していけばガラスが手に入る。完璧とも言える布陣だった。

「すごいぞ皆。この調子なら問題ないな」

「「「「モグ～モッグ～♪」」」」

「ウニィ」

「ク～♪」

「ゴッ！」

俺は褒めながら、もふもふした毛並みたちとルベルの無骨な体を撫でていく。

それからも一応、他の魔物と戦えるか見てみたんだけど、それも問題なさそうだった。

そもそも、この辺りの魔物に比べると、ルベルだけでもかなり実力は上だ。夜になると厄介な魔物が多くなるが昼間のうちなら何とかなるだろう。

ある程度見通しがついたところで、一人でプレハブに戻ると、キオンも一生懸命石膏や酸化鉄を生み出してくれていた。

「ありがとうな、キオン」

「キュピ～♪」

頭を撫でてあげると、嬉しそうに擦り寄ってくるキオン。スライムの体はひんやりとしていて気持ちがいい。

それから俺はプレハブを出て海に向かうと、作業潜水艇に乗り込んで素材探しに勤《いそ》しんだ。幸いなことに貝殻の魔物も結構いて、どれからもなかなかの石灰を得ることが出来た。

こうして必要な素材を集めること数日。

洞窟で魔物狩りをしていた皆が、とある報告をしてくれた。

「「「「モグ！　モギュ～」」」」

「え？　役立ちそうな木があったって？」

「ウニィ！」

「ク～♪」

「ゴッ！」

どうやら型枠造りに使えそうな木が見つかったらしい。

早速キオンも連れて、皆でその場所に向かう。

そこにあったのは、青々とした節のある植物が大量に生い茂る光景だった。

これは――

「竹か！　驚いたな。こんなに生えてるなんて」

そう、そこは竹林だった。

これはありがたい。何せ竹は軽くて丈夫なので、足場をはじめとして建築の色々な場面で役に立つからな。

しかし、かなり茂ってるな。

竹はただでさえ繁殖力が強い上、手入れなんて一切されていないのか、相当に密度が高い。

「皆、よく見つけてくれたね。流石だよ」

「モグ～♪」

「モギュ～」

「モグッモグッ♪」

「モグモグ～」

「モ～グ～♪」

「ウニウニ♪」

「ク～ク～」

「ゴッ！」

ひとしきり、みんなを褒めて撫でてあげる。

さてと、ここからが重要だな。俺は腕輪から魔導チェンソーを取り出した。

よし、これで竹を――

『わしの竹に何をするつもりなのじゃ――――！』

その時だった、どこからともなく声が聞こえてきて、竹林がざわめき出した。

これは一体どういうことだ？

『そのような怪しいもので貴様！　わしの竹に何をするつもりなのじゃ！』

何となく声のする方に行ってみると、そこにあったのは他の竹より一際太い、直径一メートルはあろうかという竹だった。

しかも何やら、銀色に光っている。

「えっと、この声は貴方が？」

『そうじゃ！　わしがお主に聞いた！　さぁ答えよ！　何だ、そのウィンウィン言っている妙な物は！』

竹が問いかけてくる。

ウィンウィンって……俺の持ってる魔導チェンソーのことを言っているのだろう。

「これは魔導チェンソーです。実は少し竹を切ろうかと思ったのですが」

『なにィ！　やはりそうか！　お主、わしの竹を刈るつもりなのじゃな！』

「えっと、刈るというのは間違いでもないのですが、ただ聞いてほしいことがあって」

『問答無用なのじゃ！』

銀色の竹から怒気のこもった声が発され、かと思えば周囲の竹が動き出し、枝を鞭のように振って攻撃してきた。

「ク～！」

キャニが咄嗟に皆に障壁を張ってくれたからダメージは受けてないけど、これは弱ったな。

攻撃されてまで物腰低く接する必要もないので、俺は普段通りの口調で声をかける。

「やめてくれ。話を聞いてほしいんだ」

『黙るのじゃ！　この不届き者どもが！』

「気持ちはわかるが、この竹はこのままじゃ君のためにも良くないんだぞ？」

『何をわけわからんことを！』

聞く耳を持ってくれないか……

でも、きっとこの様子からすると、銀色の竹がこの辺りの竹林の主《あるじ》なんだよな？

「大事なことなんだ。最近、君は体に不調は感じないか？」

『黙れなのじゃ！　確かに最近、倦怠感《けんたいかん》があったり肩こりも酷かったり動悸《どうき》息切れ目眩《めまい》などがあったりするが、お主には関係ないのじゃ！』

答えてくれないかなと心配だったけど、意外とあっさり教えてくれた。天然なのかな？　竹だけに。

それはそれとして、思った以上に悪い影響が出てるな。

ふむ、こうなったら仕方ない。少々強引な手になってしまうが——俺は改めて魔導チェンソーを起動した。

その上で、竹の攻撃を避けながら皆に指示を出していく。

モグラたちには竹を抜きやすいよう穴を掘り、その後でルベルには竹を引っこ抜いてもらう。ウニには地面の穴埋めを、キオンには地面の草むしりを担当してもらう。キャニも障壁を張ってくれていた。

「「「「モグ～！」」」」

「ゴッ！」

「ウニィ！」

「キュピ～」

「ク～」

そうして皆にサポートしてもらいつつ、俺は魔導チェンソーでどんどん竹を切り倒していった。

『ぬぉおおお！　お主たち、何てことをしてくれてるのじゃーーーーー！』

銀の竹から、かなり興奮した叫び声が聞こえてきた。

「聞いてくれ。これは」

『黙るのじゃ！　絶対に許せないのじゃ！』

あぁもう。また竹の攻撃か。

だけど、よく見るとこれ自体はそこまで怖くないな。当たればそれなりに痛いのかもだけど、キャニの障壁があれば十分守ってもらえる。

これってもしかしたら、本来はもっと強力な攻撃なのかもしれない。

だけど、さっき言ってた不調のせいで、それが難しくなってるのだろう。やっぱりしっかりと整える必要があるな。

俺たちはとにかく竹を切っては抜き、密集しないように取り除いていった。

『う、うぅ、何でじゃ。わしの竹が。どうして、どうしてお主たちはこんなに酷いことをするのじゃ～……』

こうして竹を刈り取っていくと、ついに銀の竹がめそめそと涙声で訴え始めてしまった。

な、何かすごく罪悪感を覚えてしまう。

だけど、怒りに任せて攻撃してきたさっきよりは話がしやすいかもしれない。

「竹さん。聞いてくれ。これは必要なことなんだ」

『言うに事欠いて、何をわけのわからないことを！　散々わしのことを穢《けが》しおってからに！』

更に酷い言われようだ！

声が妙に高いのもあって、幼い子をイジメてるような気分になってしまう。実に心苦しい。

「とにかく、まず今の調子を教えてほしい。どうかな？」

『最悪に決まっておるじゃろうが！　こんな真似されて気分がいいわけないのじゃ！　何じゃお主？　こんな真似をしておいて、調子がどうなどと、とんでもない奴じゃ！　この鬼畜《きちく》！』

「ウニィ～……」

「ク～……」

うっ、鬼畜扱いされてしまった。

しかもウニとキャニは、これまだ続けるの？　という目で見てきていた。

「いや、そういうメンタル的な話じゃなくて、何というか体の、ほら」

『何！　お主、わしの体が目当てなのか⁉』

人聞きの悪い勘違いきた！

「違う！　そうじゃなくて、体調とかどうかなって」

『ぬぅ！　まだ言うか！　そんなもの最悪に、さい、あく……あれ？』

銀色の竹が左右に揺れて、更に節を捻ったりしている。この竹、随分と細かいリアクションが出来るな！

『お、おお！　おおぉぉおぉぉお！　何じゃこれ！　何じゃこれ！　信じられないのじゃ！　最近ちょっと体が重くてもしかして太った？　と心配になってダイエットにもチャレンジしていたというのに、今はとても体が軽いのじゃ！』

だ、ダイエット？　竹ってダイエットするのか？

そう困惑していると――

――パカッ。

「これは、一体どういうことなのじゃーーーーー！」

「えぇえぇえぇぇえええぇえええ⁉」

「ウニィ！」

「ク～⁉」

「ゴッ⁉」

「キュピィ⁉」

「モグ～！」

「モグッ⁉」

「モギュッ⁉」

「モグモグー！」

「モ～グ～⁉」

何と、銀の竹がパカッと開き、身長百三十センチもないような、可愛らしい女の子が出てきたのだ！

これには俺も含めて皆が驚きの声を上げる。これは……一体どういうことだ？

銀色に光る竹の中から幼い女の子が姿を見せた。自分でも何言ってるかよくわからないけど、事実そうなのだから仕方ない。

「師匠！　竹の中から女の子が！」

「ウニィ⁉」

ウニが一体どうしたのか？　という目で見てきた。ちょっと言ってみたかったんだ。

とにかく、女の子の話に耳を傾けようと思う。

「何か頭痛も収まったし、体の怠さもなくなったのじゃ。一体どういうことなのか説明せい」

「えっと、その前にこっちが説明してほしいのだけど」

「モグモグッ！」

俺の言葉に同意するように、マツオも両手をパタパタさせた。他のモグラたちはなぜか円を描くように走り回っている。それだけ驚いたってことか。

「む、むむむ!?　愛《う》いやつなのじゃ～～～～！」

「モグモグッ!?」

かと思えば、少女がマツオを抱きしめて頬ずりした。すごくモフってる。

「モグモグ♪」

マツオはマツオで悪い気はしてないようだ。よく見るとかなり可愛らしい少女だもんな。

髪は夜空をそのまま落とし込んできたような美しい黒色で、長さは背中まで達している。

幼いながらも目鼻立ちが整っていて、可愛らしさの中に気品も漂う。

しかし、変わった服装だよな。

美しい意匠《いしょう》が施された裾の広がった生地《きじ》に、太いベルトみたいな布を巻き付けた、そんな格好だ。

「むっ、何じゃお主！　人のことをジロジロ見よって！」

「いや、変わった格好だなと思って」

「格好？　何じゃ、着物がそんなに珍しいのかのう？」

少女が袖を片方ずつ上げるようにしながら首を傾げた。

へえ、着物と言うのか。初めて聞くな。

「あの、逆に質問して申し訳ないんだが、何で竹に？」

「わしは竹姫じゃ！　竹の化身たるわしが竹の中にいて何が悪い！」

な、なるほど。竹の化身か。

「それよりわしの質問に答えるのじゃ」

「あぁ、そうだったな。俺たちがやっていたのは間伐《かんばつ》って作業だ。竹は繁殖力が強くて、放置してると狭い土地でもすぐに増えすぎるんだよ」

「間伐？　よくわからんが増えることの何が悪いのじゃ？」

竹姫がこてんっと可愛らしく首を傾げた。その手はマツオをモフり続けている。

「増えすぎると、土中の栄養が足りなくなるし、風通しも悪くなり、太陽の光も十分に届かなくなるんだよ。更に言えば、マナの流れが阻害《そがい》されるのも悪影響だな」

太陽と風、栄養も勿論だが、マナも植物の成長を促す上で重要だ。

特に竹は、マナの影響を受けやすいとされる。

「むむ、わしはてっきり、増えれば増えるだけいいことがあると思っていたのじゃが、違ったのか……」

「何でも増えすぎていいことはないってことだ。植物の場合は、定期的に間伐した方が結果的にいいんだよ」

魔導建築では、自然との調和も大事と考えられている。魔導建築で重要な役目を果たすマナは、自然の中でより強くなるとされているからだ。

俺が間伐についての知識を持っているのも、そのためだ。

建築というと自然を破壊するイメージも持たれやすいが、俺たち魔導建築士は効果的に自然を残した上で、何をどう建てていくかを決めていく。

俺の言葉に、竹姫は得心したように頷いた。

「うむ、よくわかったのじゃ。どうやら誤解があったようじゃのう。すまなかったのじゃ。そして何かすっきりした気分なのじゃ！　ありがとうなのじゃ！」

ふぅ、納得してくれてよかった。ウニたち皆も、一安心といった様子で息を吐く。

「こやつもひんやりして気持ちいいのじゃ～」

「キュピ～♪」

竹姫は今度は、キオンの頭を撫でて気持ちよさそうにしていた。まあ、言いたいことはよくわかる。

「お主も逞《たくま》しい体をしておるのじゃ」

「ゴッ！」

竹姫が褒めながら鎧を撫でると、ルベルは鎧を光らせポーズを決めて喜んでいた。

「ところで竹姫。一つ相談なんだが、この刈り取った竹を貰っていってもいいか？　このままこに放置しておくわけにはいかないと思うし、竹姫さえよければと思ってるんだけど……」

するど竹姫がう～ん、と可愛らしい仕草で考え込む様子を見せ——

「それなら一つお願いがあるのじゃ」

と言った。

「お願い？」

竹姫はどうやら何か頼み事があるらしいな。さて、一体何だろうか？

「わしを一緒に連れていってほしいのじゃ！」

「え？　君も一緒に？」

「そうじゃ！」

竹の中から女の子が出てきて、更にその子が一緒に来たいと言っている。

言葉にしてみるとだいぶ変な状況だが、まあ、仲間が増えること自体は、今さら気にすることでもない。

う～ん、でも……

「その、銀色の竹の近くにいなくてもいいのか？　というか、どうして？」

「その竹はここにさえあれば問題ないから、たまに様子を見にくればいいのじゃ。どうしてお主についていきたいと思ったかについては、単に興味が湧いたからじゃ。ずっと竹の中にいるのも退屈だったしの。お主といれば新しい発見ともふもふがあるかもしれないのじゃ！」

「ウニ～」

回答しながらも、竹姫がウニをモフっていた。この子、もふもふが好きなんだろうか？

「「「「モグ～モギュモ～グ～」」」」

「キュピ～」

「ク～」

「ゴッ！」

「ウニュ～」

考えていると、皆がお願いするように俺に擦り寄ってきた。竹姫を気に入ったようだな。

「ふむ、確かにもふもふ好きに悪い子はいないと言うしな」

「うむ。お主よくわかっておるのじゃ！」

竹姫はうんうんと頷いている。

まあ、断る理由は特にないよな。

「わかった。なら一緒に来るかい？」

「うむ！　厄介になるのじゃ！」

こうして仲間がまた一人増えた。

というか、ここに来てやっと島の人間……なのかはちょっと疑問だが、普通の人間と同じ見た目の存在と知り合うことが出来た。

素材になる竹も手に入ったし、どんどん開発を進めていこう！　ここからが本番だ！

◇　◆　◇

ワークが去った後、カルセル王国の王カルセルは実にご機嫌だった。

そしてそのせいで、彼はとんでもないことを言い続けていた。

「ワークが何箇所かに造った、結界塔とかいうよくわからんものはさっさと破壊して、私の像を造れ。素材は金《きん》を使うのだ」

「金ですか……しかし全て金でとなるとかなりの予算が必要となりますが――」

これに顔を顰《しか》めたのは王国の財務大臣だ。

しかしその隣にいた建設大臣のドワルが、首を横に振った。

「予算のことなら心配にはおよびません」

「な⁉」

まさかドワルからそんな発言が出てくるとは思っていなかった財務大臣が、目を丸くして反論する。

「ドワル建設大臣。そうは言いますが、来年の魔導大祭典のこともあり正直こちらもギリギリで――」

「魔導大祭典の予算なら、ワークを追放した後の案で決まっただろう。それでだいぶ予算も抑えられているはずだ」

「それは、そもそもが高すぎたというだけであり、新しい案になったからといって、余裕があるわけではないのです」

財務大臣は痛む頭を押さえながら言う。

確かに、ワークが求めた予算はあまりに高すぎた。だが同時に、予想される経済効果もとんでもなく大きく、数年で利益を上げて国の財政も潤《うるお》うだろうと言われていた。

彼の前の財務大臣は、そんな予想を立てていた一人だったが、それが気に食わなかった今の王は、その彼を罷免《ひめん》し追放してしまった。

今の王は、終始そのような感じで、気に食わない者がいればすぐに追放処分にしてしまう。

それを恐れている今の財務大臣は、王の機嫌を損ねないよう必死なのである。

しかし、ドワルが再び否定する。

「問題はない。財源は私が見つけてある」

「え？　財源ですか？」

財務大臣はドワルの発言に心底驚いた。財政については、彼もしっかり把握しているつもりだったからだ。

しかしドワルの発言は、彼が把握していないことを知っているというものだった。

興味を持った国王が、ドワルに尋ねる。

「ほう。ドワル、それは何だ？　言ってみろ」

「追放したワークは、宮殿の地下に地層安定機なるものを備えておりました。しかしこれは何に使っているのかもよくわからない代物。しかも高価な魔石が数多く使われているようなのです。これを売れば、金の王像を建てる予算が確保出来るでしょう」

「ほう？　なるほど。そんなものがあったか」

「ちょ、ちょっと待ってください！　確か私の記憶では、あれは地震が起きた際に揺れを軽減させ、被害が出ないようにする上で重要な代物だったはずでは？」

財務大臣が待ったをかけるが、ドワルはこれみよがしにため息をついてみせた。

「まったく、そんな世迷い言を大臣ともあろうお前が信じるとは愚《おろ》かしい」

「よ、世迷い言ですか？」

「そうだ。あの代物こそが、ワークが国の予算を着服していたことの証明そのものだ。だいたい、あの機械は揺れを軽減するという話だが、地震などそう滅多に起こるものではないし、本当に軽減しているのかもわからないではないか。地震など起こっていなくても、機械のおかげで揺れが軽減されたのだと主張されれば、それらしく聞こえるかもしれんが……そうやって、メンテナンス代だなんだと言って、金を騙《だま》し取《と》っていたのだろう。現にここ最近、地震が増えているというのにあの機械は機能していないではないか」

「ですが……ワークの話では、そろそろ交換をしないと機械が故障して、機能しなくなるという話だったような――」

財務大臣としては、ここ最近地震が増えたように感じるのは機械を修理出来ていないからだ、と言いたかったのだが、ドワルに睨まれてそれ以上口にすることはなかった。

「今揺れが起きているのはたまたまだろう。それも小さい揺ればかりだし、この国は元々、その程度の地震しか起きないような土地だったに違いない。それを魔導建築士どもは、口八丁で歴代の王を騙し、法外な予算を請求したのでしょう。まったく、とんでもない男ですよ、あいつは」

ドワルの言葉に、国王は同調して頷く。

「うむ！　まったくだな！　だんだんと腹が立ってきたぞ！　あいつがもし生きていたら許されざることだ！」

「は？　えっと、もし生きていたらというと？」

「ふん。あの愚か者は船で港を出た後、海賊にやられて海の藻屑と化したのだ。ま、自業自得であるな」

そう言ってドワルが鼻息を荒くさせる。

実際のところは依頼していた海賊はまだ戻ってきておらず、確証も得られていない状況だが、ドワルと国王の中では死んだものとなっていた。

「とにかくだ。魔導大祭典も来年に迫っている。我が国の権威を他国に知らしめるためにも、金の王像は必須だ！　財務大臣はさっさと予算を作成するのだ。ドワルはすぐにでも結界塔などというゴミを解体せよ。その地層安定機なる無用の長物も、売りに出すのだ！」

「承知いたしました」

「わ、わかりました――」

財務大臣には色々と不安もあったが、王に言われたならもう仕方がない。

あまり反発していては、自分とていつ首を切られるかわからなかった。

「おい、さっさと予算を組めよ」

「くっ、わかっている」

謁見室を出た後、財務大臣に念を押すドワルである。

「……ふん。そんな顔をするな。お前にも少しはいい思いをさせてやろう」

「え？」

どことなく不満顔の財務大臣であったが、ドワルから耳打ちされその顔に笑みが溢れた。

「し、しかし本当にそんなことをしても？」

「問題ない。要はワークより安く済ませればいい話なのだ。逆に言えばそれさえ守れば……後はわかるな？」

「あ、あぁ！　そうと決まればすぐにでも予算を組ませてもらおう」

つまるところ、どれだけ自分の懐に入れるのかも、自分のさじ加減だということだ。

そしてそれを理解したのか、今までの暗い表情はなんだったのか、と思えるほどの浮かれ具合で財務大臣が仕事に戻っていった。

そんな財務大臣を見送りつつ、ドワルはどす黒い笑みを浮かべ、そして自らも仕事に戻った。

ドワルの頭はどう予算をごまかし自らの懐を暖めるかでいっぱいだった。財務大臣にも協力させることでより作戦は完璧なものとなるとも考えていた。

だからこそ気がついていなかった。それらの行動の一つ一つが、足元を揺らがせる事件に繋がっていくことを――

「む、また揺れたな。まったく、何が地層安定機だ、バカバカしい。ここ最近は揺れっぱなしではないか」

そしてドワルはここでも気がついていなかった――この程度で済んでいる理由こそが、地層安定機があるからなのだということを……

第7章　山で暮らす種族

竹姫も一緒に暮らすようになり、間伐した竹も扱えるようになった。

素材も皆の協力もあり順調に手に入り、いよいよ魔導反射炉の作製に入る。

「ふむ。ワークよ、これは一体何をしておるのじゃ？」

作業を続けていると、竹姫からの質問が飛んできた。

今やっているのは、地下の作業室でマンクリートのブロックを造っては建設予定地に運ぶという作業だった。

ブロックを運ぶのに、早速竹が役立っている。

あの竹林の竹は通常のものより強靭だったので、プレハブの玄関から建設予定地までローラーのようにして地面に敷くことで、簡単にブロックを運ぶことが出来たのだ。ローラーの上を滑らせるだけだから、モグラたちやウニでも楽勝だ。

ただ竹姫からすると、そもそもこのブロックを運んで何をするのかというのが疑問なんだろう。

「魔導反射炉を造るんだ。この設計図通りにね」

設計図はプレハブの壁に掲示してある。

プレハブの内壁は、魔力を込めた指でなぞることで、文字や図を描ける仕様になっている。

この設計図も、その方法で俺が描いたものだ。

「ふむ。こんな物を見るのはわしは初めてじゃぞ。何ともわくわくが止まらないのじゃ！」

「モグッ！」

マーボを抱きかかえながら竹姫がはしゃぐ。

竹姫はすっかりもふもふな皆の虜《とりこ》になっているようで、常に誰かしら抱きかかえていないと落ち着かない様子である。まあ、気持ちはすごくよくわかる。

一通り材料を作り終えた俺は、魔導反射炉の建設地に移動して魔導ショベルでマンクリートのブロックを積み上げていった。

この作業はルベルも協力してくれている。おかげで作業効率はかなり良い。

ちなみにマンクリートのブロックは、積み上げてしばらく経つとマナ同士が結びつくようになっている。これにより、従来のコンクリートよりも頑丈になるのだ。

夕方近くまで作業して、ついに魔導反射炉が完成した。

「やったな皆！」

「ク～♪」

「キュピ～♪」

「ゴッ！」

キャニとキオンは俺の肩の上で完成を一緒になって喜んでいた。ルベルも、むんっ、と力こぶを作るように腕を曲げている。力仕事は本当にルベルが頑張ってくれた。

「「「「モグモグモグモッグ～」」」」

モグラたちもえいえいおーみたいなポーズで喜んでいた。それ、本来は作業前にやることだけどな。まぁ可愛いからいいか。

「ウニィ～♪」

「よくやったのじゃ」

ウニは竹姫に抱かれた状態で頭を撫でられ、ご満悦だ。

「それで、これで何をするのじゃ？」

「マンクリート造りに役立てるんだ」

これがあればクリンカが早く出来るし、量産体制が整ったと言えるだろう。

とりあえず今日は反射炉造りで作業を終えて、家に戻って夕食をとる。

「うむうむ、このヂュランサウルスの肉というのは最高なのじゃ！」

メニューは最近は定番となったヂュランサウルスのステーキだ。竹姫は肉を食べるのかな？ と思っていたけど普通に美味しそうに食べていた。

食後に出したリンゴも食べていたし、どうやら好き嫌いはないようだった。

そして翌日。

キオンには酸化鉄作りをしてもらい、モグラたちとキャニにはクリンカを作る最中の魔導反射炉の様子を見てもらう。

壁の型枠造りは、竹姫にも手伝ってもらった。

竹の扱いが得意だと言っていたからなんだけど、得意どころか、竹を自在に操作出来る力を持っていたので、型枠の作製は実に捗った。

ウニにも協力してもらい、足場を一緒に作製する。

ちなみに、本格的に建設作業が始まったということで、ビニルツリーから採れる樹脂でヘルメットも作製した。

「皆、作業中はこれを被っていてくれ。危険がないようにな」

「モグ～」

「モグッ！」

「モグモグ～」

「モギュッ」

「モ～グ～」

ヘルメットを手渡すとモグラたちは実に喜んでいた。魔物だから被り物は嫌がられるかもと思ったんだが、むしろお気に入りになったようだな。

「ウニ〜」

「キュピ〜」

「ク〜」

「うむ！　皆似合っておるのじゃ！」

ウニ、キオン、キャニにもしっかりヘルメットを装着してもらう。

「はい。これは竹姫の分」

「何と！　わしもいいのか？」

「当然だろう？　竹姫も手伝ってくれているし、一緒に作業する仲間だ」

「おお！　おお！　嬉しいのじゃ〜」

皆以上に竹姫がはしゃいでいる……ピョンピョン跳ね回って相当な浮かれようだ。まさかヘルメット一つでここまで喜んでもらえるとは思わなかった。作製してよかったな。

その日はクリンカの量産や、型枠や足場の準備、そしてヘルメットの作製で終わった。

明日からが本番だな！


というわけで翌日、俺たちはいよいよ壁の作製に取り掛かった。

壁を作る上で大事なのは型枠だ。

ただ竹を組み合わせただけでは、コンクリートが隙間から漏れ出す可能性もある。というわけで、ビニルツリーの樹脂で埋めてある。

壁の高さはとりあえず二十メートルとしておく。ここまで見た一番の大物はヂュランサウルスだったが、それでもだいたい十五メートルぐらいだからな。

さて、まず行うのは基礎工事。

壁を作る範囲の地面を掘削し、砕石を敷き詰めてから、基礎となるマンクリートを流し込む。

その作業が終わったら、魔導作業車を使いながら、足場を組んで型枠を想定の高さまで建てる。

そこまでやったところで、魔導ポンプミキサー車へと変化させた。

「何かすごいのが出てきたのじゃ！」

「そうだろうそうだろう。これは、生マンクリートをこの回転するドラムに入れて攪拌《かくはん》し、分離を防ぐんだ。ポンプは魔力で圧力をかける魔圧式で、これに伸縮可能なブームを利用することで高所にコンクリートを流し込むことが出来るって寸法さ」

「……よくわからないのじゃ」

「モ～グ～」

抱きかかえたイッキの頭を撫でながら竹姫が言った。あれ？　ちょっと冷めた感じ？

くっ、これも俺が大好きな魔導重機だというのに……

「……簡単に言えば、壁を造るのに役立つものだ」

「おお！　わかりやすいのだ！」

「モ～グ～♪」

竹姫はイッキを抱え上げ、くるくると回った。イッキも楽しそうで何よりだ。

すごくざっくりとした説明だけど、納得してもらえてよかったよ。

さて、とにかく作業開始だ。俺は足場の上に乗っているウニに呼びかけた。

「ウニ～、準備はいいか～？」

「ウニッ！」

ヘルメットを被ったウニが返事してきた。

ウニがあんなところにいるのは、流し込んだマンクリートの様子を見るためだ。こっちからは確認出来ないからな。

「ウニィ～」

「よし」

ウニに状況を報告してもらいつつ、場所を移動して、何回かに分けてゆっくりと流し込んでいき……これで作業は終了だ。

マンクリートは術式で固まるまでの時間が調節可能だ。といってもマナがある程度安定するまでの時間は最低限必要だから……ま、一時間ってところかな。

そして一時間が過ぎ、マンクリートが固まったのをしっかり確認した後、足場と型枠を解体していった。

「よし！　壁が完成したぞ！」

しっかりと自立していて、倒れる心配もなさそうだな。

「おーーーー！　何かすごいのじゃ！　よくわからないが感動したのじゃ！」

竹姫も喜んでいた。

たかがプレハブを囲むにはちょっと大げさな気もしないでもないけど、とにかくこれで壁が出来た。

マンクリート製だから建築術式も色々施せるのが特徴だ。というわけで早速、ある程度魔物を寄せつけないようにする術式を刻んでおくとしよう。

ふぅ、これで一仕事終えたって感じだ。実に感慨深い。

でも、壁が出来ると……何かちょっと欲が出てくるな。

せっかく一緒に暮らす仲間が増えて、プレハブだけだと手狭になってきたし……

「よし！　この調子で、一部を砦みたいにしちゃうか」

「ク〜？」

「キュピ〜？」

俺の発言に、キャニとキオンがまだ仕事あるの〜？　と首を傾げる。

嫌がってるのではなく、次の仕事が何か気になってるといったところか。

「ま、そこまで大きいのではないけどな。皆はいいかな？」

「ウニッ！」

「モグッ！」

「モ〜グ〜！」

「モギュッ！」

「モグモグ」

ウニとモグラたちは手伝ってくれる気満々なようだな。

「ゴッ！」

ルベルも張り切ってくれている。砦となると力仕事が多いだろうから、ルベルには色々と活躍してもらうかもしれない。

「わしも手伝うのじゃ！　月まで届く砦を造るのじゃ！」

「いや、流石にそれはちょっと話が大きくなりすぎだけど……」

流石に月まで届くは無茶だな。そうなるともう砦というより塔だし。いや、塔でも無茶だと思うけど。

でも、目標があるのはいいことだな。よし、この調子で頑張っていこう！

それにしても、今日もかなり働いたな。

正直疲れたが、とても清々《すがすが》しい気分だ。やっぱり一から何かを作り出す作業は楽しい。

そして仕事をすれば腹が減るし、昼ご飯にはちょうどいい時間になっている。だが――

「ちょっとワンパターンになってきたかな……」

「ウニィ～……」

「ク～？」

俺が呟くと、ウニは一緒になって悩む様子を見せる。

何せ、いつも肉を焼いてるだけなのだ。

キャニはどうしたの？　って目だな。まあ、この子については肉じゃなくて果物ばかりだけど、それだってリンゴばかりで変化がない。

「うーん、魚でも釣るかぁ」

「ウニィ！」

「ク～♪」

ウニはいいかも、と言いたげに両手を挙げて喜んだ。キャニもわくわくした顔になっている。

釣り竿なら材料を集めればすぐにでも作れるし、海も近いからいい案だと思うんだよな。

「お主ら、一体何を話しとるのじゃ？」

「キュピ～？」

「ゴッ！」

「モグ～？」

「モギュ～？」

「モグモグ」

「モグッ！」

「モ～グ～？」

キオンを抱きかかえた竹姫と、ルベルやモグラたちがやってきた。

「ちょっと釣りでもしてみようかって話していたんだ」

「ふむ。なるほど――して、その釣りとは一体何なのじゃ？」

竹姫が興味深そうに聞いてきた。冗談で言っている様子はないな。

「竹姫は釣りを知らないのか？」

「知らないのじゃ。な、何じゃ！　知らなきゃまずいことなのかのう？」

俺が聞くと竹姫があわあわと慌て出した。

そういえば竹姫は、竹の化身だったな。ずっと竹の中で過ごしていたのだとしたら、釣りのことを知らなくてもおかしくないか。

「そんなことはない。知らないことは、これからどんどん知っていけばいいのさ」

「ウニ～」

「ク～♪」

ウニとキャニもそうだよ～と言わんばかりの反応を見せている。他の皆も同様だ。

「それで、だ。釣りっていうのは、釣り竿という道具を使って魚を捕まえる作業のことだ。海の狩りってとこだな」

「おお、海か！　ますます興味が湧いたのじゃ！　海に出てみたいのじゃ！」

竹姫が見事に食いついた。これが釣りなら大当たりだな。

「そうかそうか。実はちょっと、竹姫にお願いしたいことがあってな」

「ほう。それは何であるか？」

俺が相談を持ちかけると竹姫が耳を近づけてきた。一つ一つの仕草が可愛らしい。

「竿を作るために、竹を分けてほしいんだ」

竹は結構万能で、こういった道具造りにも役立つ。それに竹姫が育った場所の竹はかなり強靭だから、大物にも耐えられることだろう。

「何だそんなことであったか。問題ないのじゃ。好きに使うと良いのじゃ！」

「おお。助かる。ありがとうな」

そうと決まれば、俺たちは早速竹林から竹をいただき、それで竿を作製した。皆もやる気満々だったから全員の分を作る。

「後は糸か――」

糸の作り方は様々だ。

虫の吐くものだったり、葉っぱや幹の繊維を加工したりして作る。

ただ、この島は色々な魔物がいるので、もしかしたらもっといい素材があるかもしれない。

「ちょっと探してみるか」

「うむ。何か必要なのかのう？」

「糸をどうしようかと思ってな」

そう言って辺りを見回すと、わりとすぐに利用出来そうな魔物を見つけた。

それは、竹の上部から垂れた糸の先にくっついて、ブランブランと揺れている虫――ケブラーミノガーという魔物だ。カルセル王国にもいた魔物で、その強靭な糸はいろんな場面で重宝していた。

「むむ！　こやつは天敵なのじゃ！」

「ほう」

そいつを見て竹姫が叫ぶ。

「こやつは竹を際限なく食うのじゃ。数が増えると厄介なのじゃ！」

「それはちょうど良かった」

「ちょうど良いとは何じゃ！　わしが食われるのがそんなに嬉しいのかお主は？」

竹姫が涙目になって訴えてきた。いや竹姫が直接食べられているわけじゃないと思うが……

「そうじゃなくて、こいつの糸は釣り糸に出来るんだよ。それに、そういう事情があるなら容赦する必要もないしな」

「おお！　何とそうであったか！」

竹姫が声を弾ませた。天敵を倒せるのが嬉しそうだ。

「というわけで早速狩らせてもらうぞ」

ケブラーミノガーは非常に硬い蓑《みの》に覆われているが、熱に弱い。

というわけで、次元倉庫からとある工具を取り出す。

「それは何じゃ？」

「魔導バーナーだ」

そう、以前も使用した魔導バーナーだ。

微調整が可能なので、ケブラーミノガーを倒せる程度まで調整して炎を噴射した。

「ぬぉ！　火が生まれたのじゃ！　すごい魔法じゃ！」

「魔法じゃなくて魔導工具だ」

「ウニィ～」

「ク～」

ウニとキャニが、すごいすごいとはしゃいでいる。使い魔の皆は一度この道具を見ているが、戦闘で使うのを見たのは初めてかな。

さて、ケブラーミノガーの蓑そのものはなかなか燃えにくいのだが、熱はしっかり通すので、そのまま蒸し焼きにするようなイメージだ。

力尽きると糸を手放してボトボトと落ちるから、倒したのがわかりやすい。

ちなみに、あまり近づくと振り子のように揺れて体当たりをしかけてくる。これが結構強烈だったりするわけだ。

他にも蓑を弾丸のように飛ばしたりもしてくるが、一定の範囲を保っていれば反撃を受けることはない。

というわけで、ケブラーミノガーを倒してから、さっきまでこいつらの掴んでいた糸を手に取り、グッと引っ張る。

すると上の方からバキバキという音と共に、糸の巻き付いた竹の枝が落ちてきた。糸が頑丈なので、こうやって引っ張ると糸が切れるのではなく竹の方が折れるのだ。

「ルベル。ちょっと鉄を分けてもらってもいいかな？」

「ゴッ！」

釣り用の重りと針は、ルベルから分けてもらった破片を利用して作製する。浮きは木製のものを用意する。

これらを組み合わせれば、釣り竿の完成だ。

「よし、海に出るぞ！」

「うむ！　大物を釣り上げるのじゃ！」

「ウニィ～！」

「ク～！」

「キュピ～♪」

「モグッ！」

「モグモグ」

「モ～グ～！」

「モギュ」

「モグ～！」

「ゴッ！」

皆も張り切ってるな。

海辺まで移動した俺たちは、腕輪を魔導作業船に変形させて、沖に出る。

「おお！　これが海か！　何なのじゃ！　雨が大量に降ったのかのう？」

「そういうわけではないが……」

竹姫が船の縁から身を乗り出してはしゃいでいた。反応が何だか可愛らしい。

「うぉ！　何なのじゃ！　しょっぱいのじゃ！」

水がはねて、それが顔にかかったようだ。舐め取った竹姫は、そのしょっぱさに驚いている。

「海の水は塩分が豊富だからな。だからそのまま飲まないようにな」

竹姫の体の構造が俺たちと同じかはわからないが、どちらにしても竹の化身なら飲んでいいことはないだろうしな。

「う、うむ！　一瞬美味しそうに思えたがやめておくのじゃ！」

「キュピ〜」

竹姫はキオンをぷにぷにしながら眉を引き締めた。美味しそうに見えたのか……

「それで、一体どうすればいいのじゃ？」

一通り海の広大さを噛み締めた後、釣りについて竹姫が興味津々に聞いてきた。

初めてだし、しっかり教えてあげないといけないいな。といっても、そんなに難しい話ではない。

「針に餌を刺して、海に垂らして釣れるのを待つんだよ」

「ふむ！　餌か！」

「あぁ、こいつらだな」

森で餌になりそうなワーム系の虫を捕まえてあるので、それをつける。あぁ、竹姫は女の子だしこういうのはどうなのかな？

「うむ！　こうじゃな！」

「あ、うん。意外とあっさりだな」

「何がじゃ？」

小首を傾げて竹姫が不思議そうにしていた。冷静に考えれば森に生えてる竹の化身だし、虫ぐらい平気か。

「これで準備は出来たな。後はこうやって」

俺は見本として、竿を振って糸を海に投げ入れた。ウニも手慣れた手付きでやっている。モグラたちやルベルもだ。

……ウニは俺の手伝いで釣りを一緒にしたことがあるけど、モグラたちは何であんな慣れた感じなんだ？

というかルベル、ものすごく様《さま》になってるんだけど。どっしりと構えていて、ベテランの風格が滲み出ている。

「わしも頑張るのじゃ！　えい！」

「キュピ～！」

竹姫が竿を振ると、釣り針がキオンに引っかかってしまった。

「……ごめんなのじゃ」

「キュピ～」

竹姫に撫でられるキオン。気にしないで～とプルプル震えている。可愛い。

「気を取り直してもう一度なのじゃ！」

再度竹姫が竿を振る。二度目はうまくいき、しっかり海に針が飛び込み沈んでいった。浮きが海面にプカプカ浮かんでいる。

「それでワークよ。魚はいつ釣れるのじゃ？」

「食いつき次第だな。俺もこの島周辺で釣りをするのは初めてだから、まだ感覚が掴めていな

いし」

とはいえ、この前潜った時は魚が多かったし、今もレーダーで見る限り、魚の反応は多い。だから全く釣れないってことはないと思うが――

「ウニィ〜！」

おお。早速ウニの竿が引いている。

「落ち着けよ、ウニ」

「ウニュ〜」

ウニが頑張って竿を引いている。一応海の魔物がいるかもしれないから気をつけてみるが、引きを見るに普通の魚っぽいな。

「ウニ〜♪」

「おお！　何かが釣れたのじゃ！」

「あぁ。これはハウマッチだな」

喜ぶ竹姫に説明する。背が青く腹は銀色の魚だ。大きさは百センチ程度。美味いんだよな、これ。

「やったな、ウニ」

「ウニ〜♪」

「美味いのか？　美味いのか？」

「あぁ美味いぞ」

竹姫に頷きながら、俺は活け締めにして船に備え付けの保存室に突っ込む。こうしておけば鮮度は保たれる。

「モグ～！」

「モギュ～♪」

「モグモグ」

「モグッ！」

「モ～グ～♪」

おお。どうやらモグラたちも続々と釣れているようだ。今度はシーサーモンやカンパッチやマッグロが釣れていく。

「わしも、わしも釣りたいのじゃ！」

「気持ちはわかるけど、釣りは慌ててもうまくいかないぜ。落ち着いて、のんびりと――」

「おお！　引いておるのじゃ！」

と、言った側から当たりを引いたようだ。

「えい！　なのじゃ！」

竹姫が思いっきり竿を引くと、ずんぐりむっくりな体と両手のハサミが特徴的な生物が釣り上げられた。

「な、なんなのじゃ、この怪物は！　これは失敗なのじゃ～」

釣り上げた勢いでひっくり返っていた竹姫は、立ち上がると甲板に落ちたそれを見て怪訝そうに眉をひそめている。

「いや、十分当たりだ。こいつはクリーミーロブスターだな」

「な、なんと！　怪物ではなかったのかのう？」

「魚ではなくて甲殻類《こうかくるい》だな。けっこう美味いぞ」

「おお、食べられるのか！」

竹姫が目を丸くして驚いている。

まぁ、見た目的にちょっと忌避感《きひかん》を抱くって人はまぁまぁいるからな。

「お主、どんな味か楽しみじゃのう」

……どうやら食えるとわかれば話は別らしい。涎まで垂らしてるし。気が早いな。

しかし皆順調だな。

「ク〜」

「あぁ、俺も負けてられないな」

「ク〜！」

キャニも応援してくれているし、俺も改めて釣りに集中する。すると、引いた！

「おら！」

俺もようやっと釣ることが出来た。これは……サバサバという魚だ！

「これも美味そうじゃのう」

「あぁ。しっかり火を通した方がいい魚ではあるが、美味いぞ」

サバサバは傷みやすいのでしっかりと締めて、と。

しかしこの辺りは当たりだったな。魚もどんどん釣れていく。

「ゴッ……」

しかし、ルベルが肩を落としているのに気がついた。そういえば、一番風格漂っていたルベルだけが唯一釣れてないな……

「だ、大丈夫だってルベル！　お前もすぐ釣れるから」

「ゴッ！　ゴッ！」

ルベルが両手を振り上げて張り切った。そうそう、まだ気落ちするには早い。

「キュピ～」

「ゴッ♪」

キオンもルベルの肩までよじ登って励ましてあげていた。

ルベルがキオンの頭を撫でてあげている。キオンは普段からルベルの汚れを落としてあげたりしてるからか、すごく仲がいいんだよな、って——

「ルベル、引いてる！　引いてるぞ！」

「ゴッ!?」

そんなやり取りをしている間に、どうやら魚が引っかかったらしい。かなり強い引きだ。

「ゴォオッォォォオオオオオ！」

ルベルが竿を両手で握りしめ、思いっきり引っ張るが、逆に体が引っ張られている。

「おいおい、嘘だろ！」

まさかルベルが引っ張られるとは！　とんでもない大物が釣れたってことか？

ルベルは何とか踏ん張っているが、グイグイとにかく引きが強い。

「竹魔法じゃ！」

すると竹姫が魔法を行使。

船の床から竹が生えて、ルベルの体に巻き付いた。なるほど、これで援護しようってことか。

「む、むむむ！　こやつまだ引いてくるのじゃ！」

「竹姫、頑張ってくれ！」

俺は操舵室《そうだしつ》に向かい、作業船についているクレーンをマグネットタイプに変化させ、ルベルにくっつける。ルベルは鉄で出来ているので、これで引っ張ることが出来る。

「よし！　どんどん引け！」

「ゴッ！」

「キュピ～！」

「ク～！」

「ウニィ〜！」

「モグッ！」

「モグ〜！」

「モグモグ！」

「モギュ〜！」

「モ〜グ〜！」

「釣り上げるのじゃ、ルベル〜！」

皆の応援に応えるように、ルベルは竿を思いっきり引いた。その結果！

「なッ!?」

「な、何なのじゃ〜〜〜〜〜〜！」

海面に姿を見せたのは、巨大なイカだった。

いや、あれは普通のイカじゃなくて魔物かな。目もやたら赤いし。

「ひ、何をするのじゃ！」

イカが伸ばした触手が竹姫に巻き付き、ずるずると海に引きずり込もうとする。餌と判断されたのか！

「ゴッ！」

しかしルベルが瞬時に反応し、剣を取り出して触手を叩き切った。ナイスだルベル！

「助かったのじゃ～、ありがとうじゃ～」

「ゴッ♪」

竹姫がルベルに飛びつき、ルベルが照れるような動作をする。

そんな彼らに向かって、イカが更に触手を増やして振るってきた。

「ク～ク～！」

キャニが慌てた様子で鳴く。

「あぁ、大丈夫だ」

キャニにそう伝え、俺はパネルを操作してマグネットを放水用のホースに切り替える。そしてすぐに水圧を上げて放水し、一瞬にして触手を全て切り飛ばした。

「ウニィ～♪」

「モグ～」

「モグモグ～」

「モギュ～♪」

「モグッ！」

「モ～グ～♪」

「キュピ～♪」

使い魔の皆も、いいぞいいぞと言ってくれているようである。

だが、イカの触手はすぐに再生してしまう。こりゃ本体を直接叩かないと駄目だな。

ならばとパネルを操作し、今度は長大な杭を射出する。

しかしその杭はイカには当たらず、すぐ側の海面に落ちる。

「は、外れたのじゃ！」

「いや、これで問題ない」

直後、イカは雷に打たれたかのように、突然痙攣《けいれん》し始めた。

「〰〰〰〰〰〰〰〰〰ッ⁉」

実際、今イカの体は電撃に襲われている。杭に電撃の術式を付与して、着水してから発動するようにしていたのだ。

直接杭を当ててもよかったが、イカも食料になるので、出来るだけ傷を付けたくなかった。

「お、動かなくなったのじゃ」

「うまくいったな」

力尽き、ぷかぷかと浮かぶイカをクレーンで釣り上げる。

「やったなルベル。これはルベルのおかげで釣れたものだ」

「ゴッ♪」

ルベルも喜んでいた。

さて、巨大イカも釣れたし、これで食料の確保は十分だろう。

俺たちは陸に戻ることにした。

「大漁だったな」

「今日は魚パーティーじゃな！」

そうだな。しばらく肉ばかりだったから、それもいいだろう。

といっても、魚以外にも一品欲しいところだ。そこで竹姫に聞いてみる。

「竹姫。タケノコを分けてもらってもいいか？」

「タケノコ？　それをどうするのじゃ？」

「タケノコも食材になるんだ。駄目かな？」

「何と！　あれを食うのか！」

竹姫が驚きに目を丸くする。

「タケノコは柔らかいんだぞ。竹姫、知らなかったのか？」

「うむ。知らなかったのじゃ。食べてみたいのじゃ！」

た、食べるのか。一応聞いてはみたが、竹姫は食料として気になったようだ。

とにかく竹姫の許可は貰えたから、タケノコも収穫させてもらった。勿論、生態に影響が出ない程度だ。

「早速料理に入ろう。特にタケノコは抜いた瞬間から鮮度が落ちるからな」

「ほうほう。なるほどのう」

タケノコの収穫中に、湯を沸かしておいてもらった。

そして収穫したタケノコを鍋の中に入れてさっと湯がく。採れたてのタケノコは、長時間煮込む必要はない。

水を変えてから、肉もタケノコと一緒に煮込んだ。今日は魚メインの予定だが、別に肉を使ったらいけないわけじゃないしな。

イカは食べやすい大きさにカットしてから竹串に刺してイカ焼きにしてみたのだが、これがまた美味かった。大きなイカだから味はどうなのかな？　と思ったのだが、潮の香りがいいアクセントになっていたな。

魚の方も、焼いたり鍋にしてみたりと、いろいろ作ってみる。

「むほほ、タケノコというのは美味いのじゃな！　それにハウマッチやサバサバ、シーサーモンにイカと、どれも実に美味いのじゃ！」

竹姫は新しい料理にご満悦のようだ。

「ウニィ～♪」

「ク～♪」

ウニとキャニも大喜びだな。キャニは肉や魚は食べないが、タケノコが気に入ったようだった。

「モグ～♪」

「モグモグ～♪」

「モギュ♪」

「モ～グ～♪」

「モグッ！」

モグラたちも串に刺したイカ焼きを手に嬉しそうにしていた。

「キュピ～♪」

「ゴッ」

キオンも料理を取り込んで幸せそうだし、ルベルは料理は食べていないが、自分が釣ったイカを美味しいと言ってもらえたことで満足げである。

「うぉ！　わしが釣ったこのロブスターは甘くてほくほくなのじゃ～！」

竹姫は自分で釣ったクリーミーロブスターにも感動していた。あれは確かに、身に甘みがあって美味いんだよな。

こうして俺たちは、いつもと変わった材料を使った夕食をたっぷりと楽しみ、その日を終えたのだった。

さぁ、また明日から開拓に精を出すかなっと――

◇　◆　◇

「あぁもう暑い暑い！　何なのよここ、本当に暑いわね！」

とある島の山にある洞窟で、少女が額から汗を滲ませながら怒鳴り散らしていた。

その正面では、ずんぐりむっくりした体形の男が、炉の前でひたすら鉄を打っている。

彼らは、既に大陸にいないと言われているドワーフの親子だった。

ドワーフという種族は、男女で随分と様相が異なる。

男のドワーフは、人で言う少年期を終え青年期に入ると一気に老け込み、ヒゲもよく伸びる。そして人で言えば五十代ぐらいの見た目になった後、残された人生の大半をその姿で過ごす。

一方で女は、幼年期の姿のまま、ほぼ固定されることが多い。男のような立派なヒゲが生えることもないし、常に殻をむいた卵のようにツルンッとした肌が特徴だった。

そんな外見のせいで、この二人は親子でありながら、まるでお爺《じい》ちゃんと孫のような雰囲気を漂わせていた。

「ねぇパパ、聞いてる？」

「………………」

父親は少女の声にも応えることなく、ただただ一心不乱に鉄を打っていた。

その周囲には、同じように鍛冶をするドワーフがいたが、彼らも同様に、一心不乱に鉄を打っている。

「ちょっと、聞いてるのパパ！」

――カーン！　カーン！　カーン！

「パパってば！」

――カーン！　カーン！　カーン！

「パパ！」

「黙れ、仕事中だ」

男は焼き入れを施した剣をまじまじと眺め、ようやく短い言葉を返した。

その言葉に少女は頬を膨らませて、より不機嫌そうな顔になった。

「……これも駄目か」

そして男は、打ったばかりの剣をぽいっと投げ捨て、そして娘に言った。

「これでだいぶ溜まったな。エフ、いつものところに捨てておけ」

「また!?」

エフと呼ばれた娘が目を白黒させた。こんなことがしょっちゅうだからだ。

「パパも皆もいい加減にしてよ！　仕事仕事って、ずっと剣とか鎧とか作ってるけど、それ一体どうするつもりよ！」

エフが叫ぶ。勿論彼女が怒りを顕にするのにも理由がある。

今暮らしているここは、誰も立ち寄らないような未開の島である。故にいくら装備品を作ろうが買い手などいないのだ。

島の外と貿易をするようなこともなく、ドワーフの男たちは山にこもってただただ鉄を打っている。それ以外は、生活に必要な最低限のことしかしていなかった。

食事の準備をするのは女性の仕事であった。更に、狩りすらも女性がやっていた。

「完璧な武器と防具を作るためだ。昔ながらのやり方こそが正しく、それこそ確立された技術なのだ」

「パパが何を言ってるのかさっぱりわからない。私が生まれる前にこの島に移って来たってママから聞いたけど、その前は大陸で暮らしてたんでしょ？　その時は商売だってしてたんじゃないの？」

「……納得の出来ない代物で商売なんて出来るか」

男は頑なであった。

ドワーフの寿命は平均で百五十歳程度なのだが、この島に移ってきたのはエフの祖父の代で、その後、父親である彼が王の座を引き継いでいた。

「私は先代から託された。ここで最高の武器と防具を作るのだ」

男はそう言って、そして再び鉄を打ち出す。

エフはもう言っても無駄だと、ため息をついた。

仕方がないので、言われた通り失敗作と言われている品を荷車に積んで持っていこうとすると、その背中に父親が声をかける。

「エフ、ついでに水も頼む」

「それぐらい自分たちでやりなさいよ！」

しかし父親は、用件だけ言うと再び鉄を打ち始める。

「あぁ本当に嫌になる！　だいたいここ、不便すぎでしょう！　川までどれだけ離れてるのよ！　溶岩のせいでひたすら暑いし！」

エフはカリカリしていた。

彼女たちの住む山では、ところどころから溶岩が流れ出ている。

普通なら生活するには避けるべき場所なのだが、ドワーフはこの溶岩を天然の炉として活用し、鍛冶を行っていた。

この辺りに流れる溶岩は温度が高く、千六百度程度ある。

ドワーフたちはこの溶岩の恵みこそが、究極の装備品を作ることに繋がると信じて疑わなかった。

だがエフとしては、それが本当に正しいのか、はなはだ疑問であった。

「あら、また姫様がそんなことを」

エフが工房として使われている洞窟を出ると、ドワーフの女性に声をかけられた。

「ジェイ王も鉄ばかり打ってないで他にも動いてくれると嬉しいのだけどねぇ」

「本当よ。でもいくら言っても聞かないのよ。本当に、もう」

エフの父親――ジェイはドワーフたちの王である。

しかし親らしいことは勿論、王らしいことすらもしておらず、エフはいつも不満たらたらだった。

それを見て、自然とドワーフの女性たちも、隠すことなく愚痴を言うようになっているのだ。

「まったく、どうせなら家の一つでも作ってくれるといいのだけど……」

「本当にね」

ドワーフの住処は、山に横穴を掘って出来た空間をそのまま利用している、というものである。

だが常に溶岩が流れる山の中だけあって、とにかく暑い。それに溶岩の影響で、近くには水場がない。

水一杯汲《く》むために、山を下りて川へ向かい、また山を登らなければいけないのだ。何とも原始的な生活である。

エフにとって唯一、この暮らしでよかったと思えるところは、天然の温泉が湧くことぐらいか。

そんなこんなで何人かの女ドワーフと話した後、エフはリアカーを引き、目的の穴までやってきた。ドワーフが作った失敗作はいつもこの穴に捨てている。

ここに捨てると、いつの間にか廃棄した物が消えてくれることがある。

理屈はわからないが、便利だと思って利用していた。

もっともそれは、マナの影響で勝手に動き回るようになっただけなのだが、エフはそのことを知らない。

「はぁ、後は水汲みね……」

エフは一旦集落に戻ってから、大瓶《おおがめ》を背負って川に向かって移動を開始した。

見た目こそ幼いが、ドワーフ族は女性も力が強い。一般的な人間なら十人掛かりでもエフの足元にも及ばないだろう。

「あれ？」

そんな山下りの途中のことだった。麓《ふもと》を見下ろせる高台の辺りで、エフは奇妙な物を見つける。

「え？　え？　何であんなところに壁が出来てるの？　それに、あそこに見えるのって――まさか砦!?」

そう、それは巨大な建築物だった。

だが、ついこのあいだまで、そんなものは一切存在しなかったはずだ。

なぜあんなところに壁が出来て、砦まで築かれたのか。考え込んだエフが導き出した答えは――

「ま、まさかこの島に侵略者!?」

第8章　侵入者

「おぉ、改めて見ると結構いい出来だな」

魚料理を楽しんだ二日後の夕方。

俺たちはついに砦を完成させた……といっても、そんなに立派なものではなく、壁の一部の内側に人が住めるような建物を増築しただけだ。

この建物の中を通れば、壁の上に出られるようになっている。

壁の上には簡単な櫓《やぐら》みたいなものも設けたので、ぱっと見、かなり砦っぽくなっていることだろう。

今回、マンクリートが固まるまで暇だったので、竹でベッドも作ってみた。ここの竹はほどよい弾力で、寝心地がいい。

これで、拠点がいい感じに形になってきた気がするが……ただやはり、俺は根っからの魔導建築士だからだろう。一度やりだすと、色々と手を広げたくなってしまう。

いけないいけない。人数的に、やれることにも限度があるしな。

欲を言えば、魔導重機も増やせればいいんだけどな。

俺の腕輪は様々な魔導重機に形状変化出来るが、一台でしかない。

この腕輪と全く同じものを作るとなると、特殊な素材が必要になってしまうため、簡単に作れない。だが、普通の魔導ショベルや魔導ミキサーであれば、鉄や魔石、ミスリルなどがあれば作ることは可能だ。

もっとも、そんな鉱石が豊富に採れる鉱山が、都合よくこの島にあるのか？　という話ではある。まだまだ島は探索していないところが多いから、探せばあるかもしれないけどね。

少なくとも、この魔物の多さなら、魔石はわりと豊富にとれそうだし、それにいいマナ溜まりもある。もしかしたら、ダンジョン——マナ溜まりの影響を受けて、魔物が発生しやすくなっているスポットがあるかもしれない。

建築も一段落したことだし、島の探索を進めてみてもいいかもしれないな。

一応、レーダーとかも使って島の全景はなんとなく確かめてはいるんだけど、まだまだ十分の一も足を踏み入れてないからな。

ただ、もう一つだけやりたいことがあったので、それを皆に告げる。

「建築も出来たし、生活の設備は整った。というわけで、せっかくだからここに畑を作っていこうと思う」

「ウニィ！　ウニウニ～♪」

畑と聞いてウニが喜んだ。珍しく、ちょっとしたダンスみたいな動きもしているほどだ。

ウニはブラウニー、つまり土の魔法を扱う妖精だ。土いじりが好きで、畑作も得意としている。だから、畑を作ると聞いて喜んでいるのだろう。

「モグ〜♪」

「モグッ♪」

「モグモグ〜♪」

「モギュ♪」

「モ〜グ〜♪」

するとモグラたちもつられて踊り出した。モグラはダンスがうまい。

「キュピ〜♪」

「ク〜♪」

「ゴッ！」

そんな皆に誘われるように、キオン、キャニ、ルベルも踊り出した。

うん、何だこれは、可愛いすぎるな！

「はぁあぁ、もふもふが愛らしいのじゃ〜」

この光景には竹姫もでれっとした顔を見せていた。

「さて、というわけで明日からは畑づくりだな。今日はもう休もう」

ウニたちが落ち着いたところで、俺はそう言って作業の終了を告げた。

「はぁ、とても堪能したのじゃ」

「キュピィ～♪」

竹姫はキオンの頭を撫で回していた。

「ウニ～」

「ク～♪」

俺は労うように、ウニとキャニを撫でてあげる。

もちろん、モグラたちやルベルのことも忘れない。

こうして平和な一日が過ぎ、俺たちは砦の中に作った寝室で、眠りにつくのだった。


「え～い！　この無礼者！　一体何をするのよ！　放しなさい！」

高い女の子の声で、俺の意識は覚醒《かくせい》した。

窓の外を見るとまだ暗い。

声は壁の内側から聞こえてきたようだ。若い女性の声だが竹姫のものとは違う。

砦から顔を出すと、だいたいこの砦の一階部分の天井に達するぐらいの大きさになっているルベルが、手に何者かを摘み上げながら近づいてきた。

ふむ、どうやら勝手に入ってきた侵入者を、見回りしてくれていたルベルが掴まえたようだ。

「何なの、こいつは！　何でこんな金属の魔物がいるのよ！　やっぱりどこかの侵略者だったのね！」

「え～と、何か勘違いされていそうだけど、君は一体？」

声を掛けると、女の子が俺を見上げてきた。綺麗なティアラを頭に着けている。

しかしそれに女の子が応える前に、竹姫とウニたちがやってきた。

「一体何事なのじゃ？」

「竹姫、それに皆も起きてきたのか。ちょっと来訪者がね」

「来訪者？」

ぞろぞろとやってきた皆に説明すると、竹姫も窓から顔を出し、相手を見る。

「子供なのじゃ」

「ぶ、無礼な！　だいたいお前こそ子供だろう！」

「何を言う！　わしは樹齢五百年を超えておるのじゃぞ！」

竹姫が怒鳴り返した。あ、うん。竹だもんね。

まあ、女の子の方は、何を言ってるのかと言いたげだけどね。

しかし、確かに見た目には子供だけど……ルベルに摘み上げられた状態で暴れているので、その度にゆっさゆっさと。うん。見た目の割に立派なものをお持ちで。

「……お主、どこを見ておるのじゃ？」

「え？　いや、どこというわけでも――」

や、やばい。竹姫が疑いの目を俺に向けてきている。

そしてその言葉で、女の子は何かに気づいたようだった。

「な！　貴様、ま、まさか！　ドワーフの姫であるこの私に、不埒《ふらち》な真似をするつもり!?　ゴブリンみたいに！」

「しねーよ！」

くっ、何か妙な誤解を受けてしまった。

だけど今、ドワーフの姫とか言ってたよな？

つまり、この島にはドワーフの集団が暮らしているということだ。

驚いたな。いや、勿論俺たち以外にも住んでる種族がいてもおかしくはないんだけど、まさかここにドワーフがいるとは。

ドワーフは大陸から消えて以来、誰も行方を知らないと言われていたのだが、まさかこの島にいるなんてね……

勿論、かつて大陸にいたドワーフと、ここで暮らしているドワーフが同じとは限らないわけだけど。

ただ——やはり建築士としては気になるところだ。

ドワーフは、物作りに関しては右に出るものなしと言われた凄腕《すごうで》の種族だからな。

「おのれ！　たとえ体を好きに出来ても、こ、心まで自由に出来ると思わないでよね！」

いつの間にか誤解がひどくなっている気がする。いい加減可哀想だから下ろしてあげるか。悪い子じゃなさそうだし。

「ルベル。今からそっちに行くから、その子を下ろしてあげてくれ。話を聞きたい」

「ゴッ！」

そして俺たちは急いで地上に下りた。ルベルが地面に姫を下ろす。

「手荒な真似してしまって悪かったね。この辺りは夜になると凶暴な魔物や魔獣が多いから、警戒してくれていたんだ」

「ち、近づくな侵略者！　ガルルルウゥ！」

誤解を解こうと思って説明したけど、何か獣みたいな唸り声を上げて威嚇されてしまった。すっかり警戒されているようだ。

「俺たちは別に侵略者じゃないんだが……」

「何を言うの！　いつの間にかこんな砦まで築いておいて！」

あぁ。魔物とかの対策のための砦だったんだけど、先住民がいたら、そう捉えられてもおかしくないのか。

「まったく、何が侵略者じゃ。だいたいわしはこの島で生まれ育ったというのに、失礼な話じゃ」

「嘘をつかないで！　貴方なんて見たことないわよ！」

竹姫の言葉に、ドワーフの姫が噛みつくので、俺が説明することにする。

「竹林があるのは知ってるだろう？」

「知ってるに決まってるじゃない！　馬鹿にしているの！」

「いや、そういうわけじゃないんだが——この子が、その竹だ」

「は？」

眉間《みけん》に皺《しわ》を寄せて、すごく怪訝な顔をされたよ。

というか、頭大丈夫か？　みたいな顔されてる。

まぁ普通に考えたら、こんな幼女が竹だと言っても信じるわけないか。

「とにかく、よ！」

ドワーフの姫が語気を強くする。

「ウニィ！」

「ん？」

「ウニィ！　ウニィ！」

「「「モグ〜モグ〜！」」」

すると、ウニやモグラたちが前に出て、ドワーフの姫に身振り手振りで訴えた。

僕たちは悪いもふもふじゃないよ〜と言ってそうだ。

「キュピ〜！」

「ク〜ク〜」

「ゴッ！」

それにキオンとキャニ、ルベルが続く。しかし、これぐらいで警戒心を解いてくれたら楽だけど流石にそう簡単には――

「ふぁあああぁぁあ！　なんて可愛いの！　何これ！　何なのこれぇえええ！」

「ウニィ～」

あ、いやちょろいやこの子。既にウニをモフってるし。なんかもう、簡単に陥落《かんらく》しそうだ。

「皆を気に入ってくれたかな？」

「ハッ！　な、何を馬鹿なことを！　そうやって私を油断させるつもりね！　騙されないわ！」

「お主、ウニを抱きしめたまま言っても説得力がないのじゃ」

「くっ！」

竹姫がビシッと指を突きつけ言い放つと、ドワーフの姫が呻《うめ》いた。しかも未だに、もふもふを手放そうとしていない。

「うぅ、だってだって……」

「そもそもじゃ」

ドワーフの姫が悔しそうにしているが、そこへ竹姫が言葉を続けた。

「お主、本当にこのメンツで侵略に来たと思っておるのか？」

「何を言ってるのよ！　そんなこと、そんなこと……」

ドワーフの姫が俺を見てそれから竹姫を見て、そしてもふもふたちに目を向けていく。

「……一つ聞くけど、これで全員なの？」

「全員だな」

「……本当に？」

「他にいそうに見えるか？」

ドワーフの姫はう～んと唸り、小首を傾げながら指で数を数え、地面に何かを書いて、それから再び考え込み、そしてぽんっと手を打ってから、俺に指を突きつけてきた。

「こんなもふもふと幼女だけで侵略なんて出来るわけないじゃない、バカにしてるの！」

「いや、だから侵略者じゃないってば」

するとようやく納得してくれたのか、ドワーフの姫は謝ってきた。

「……わかったわ、信じるわよ。疑ってごめんなさい……でも、貴方だって悪いんだからね！」

「まぁ、勝手に砦を造ったのは謝っておくよ」

侵略者扱いしたことは謝られたけど、こっちはこっちで許可なく壁と砦を建ててしまったからな。

「そもそも、貴方はどこから来たの？」

「俺とウニはカルセル王国から海を渡ってきたんだ。他のメンバーは、この島で知り合った」

「カルセル王国……？」

王国の名前にドワーフの姫が反応を示した。

「知っているのか？」

「う〜ん……聞いたことあるようなないような……まぁ、思い出せないならどうでもいいわね。その貴方もこの島にいたの？　さっき、竹がどうとか言ってたけど」

ドワーフの姫が竹姫に問いかける。

「うむ。わしは竹姫じゃ！　この島の竹の主なのじゃ！」

「……本当に？」

「嘘のようだが本当の話だ」

俺が肯定すると、ドワーフの姫は目をまん丸にした。

「まぁとにかく、俺も話を聞いてみたいし、中に入るかい？　よかったらだけど」

「し、仕方ないから入らせてもらうわ！」

ドワーフの姫が強気に答える。

ふぅ、でも良かった。とりあえず警戒心は解いてくれたようだ。

リビングに移動し座ってから、色々と聞くことにした。

「俺の名前はワークだ。外でも言ったが、カルセル王国から船でこの島にやってきたんだ」

「私はエフよ。パパがドワーフの王で一応その娘だから、姫と呼ばれているの」

なるほど、そういうことなんだな。

納得した俺は、他の皆も紹介していく。

「こっちはブラウニーのウニだ。俺と一緒に来た大事な仲間だ」

「ウニッ！」

「はぁ〜もふもふ、もふもふ〜」

ウニを紹介すると、エフがたっぷりとモフっていた。ウニは触られて悪い気はしてないようだから問題ない。

「それにしても、妖精のブラウニーが使い魔だなんて……普通なら、そうそう人には懐かないんだけど……」

エフが不思議そうにしていた。それは師匠にも言われたことだったな。

まあ、実際に懐いてくれているのだから、信じてもらうしかないんだけどね。

「こっちは竹姫。この島で出会った竹の化身だ」

「ねえ、さっきからずっと言ってるけど、本当なの？」

まだ信じてないのだろうか。

「一体何だと思ったのじゃ？」

「夢見がちな幼女」

竹姫が眉を寄せて問い、エフが答える。

あまりに竹姫が可哀想なので、フォローしてあげる。

「竹姫は銀色の竹の中から出てきたんだよ」

「そうなのじゃ。わしは竹から生まれた竹姫なのじゃ！　もっと敬うがよい」

「あら？　それなら私だって姫よ。敬ってもいいわ！」

「むぐぐ！」

「ぬぬぬっ！」

なぜか互いに対抗意識を持ってしまったようだ。確かに双方、姫だけどさ。

「で、こっちはこの島で仲良くなって俺の使い魔になってくれたモグラたちだ。左からタンボ、マーボ、モグタ、マツオ、イッキだ」

「ふぁ～こっちもすごくもふもふ～」

「うむ。このもふもふはまさに至高のもふもふなのじゃ！」

「モグ～」

「モグッ！」

「モギュッ」

「モ～グ～♪」

「モグモグ♪」

エフと竹姫が一緒になってモグラたちをモフっていた。

ウニと同様、モグラたちも嫌な顔をしていないのでそのままもふもふしてもらう。

「そして俺の肩に乗っているのがキャニだ。この子も島で出会ってね。額の宝石が特徴的だな」

「ク～♪」

キャニは声を弾ませて、俺の頬に擦り寄ってきた。頭を撫でてあげると、ふわふわの尻尾を揺らしながら気持ちよさそうに目を細める。

そこで、エフがキャニを興味深そうに見つめているのに気づいた。

「キャニを撫でたいのか？　ならいいぞ。キャニも喜ぶ」

「そうじゃなくて。いや勿論撫でるけど」

撫でるのかよ。デレデレになりながらも、エフが不思議そうに尋ねてくる。

「この子ってカーバンクルよね？」

「ク～♪」

「カーバンクル？」

その言葉に俺は首を捻る。う～ん、そういえば聞いたことがあるような、ないような……

「カーバンクルは幻獣《げんじゅう》よ。伝説扱いされるぐらい珍しい生物なんだけど……すごく人懐っこい子ね。この子も使い魔にしたの？」

「契約はしたな。でも幻獣か。道理で不思議な力を持ってるわけだ」

「不思議な力ってどんなの？」

俺の言葉にエフが食いついてきた。かなり興味津々な様子だ。

「何か、身を守ってくれる障壁を生み出したりな」

「あぁ、そういう力なのね」

エフは得心がいったように頷くが、同時に含みも感じられた。

「何か違う力でも期待していたのか？」

「力というか、カーバンクルは幸運を呼ぶ幻獣と呼ばれているのよ、あくまで噂だけど。だからカーバンクルを見たという話があると、目の色を変えて人間がやってくると言うわ。まぁ貴方も人間だけど、そういう相手には気をつけた方がいいかもね」

そうなのか……変わった生物だなとは思っていたが、そんなに希少だったんだな。そう言われてみれば、キャニと仲良くなってからいい感じに素材が見つかった気がする。

マナ溜まりを教えてくれたのもキャニだったしな。

「お前、凄い子だったんだな」

「ク～♪」

キャニが得意げに鳴いた。そんな姿も可愛らしい。

とはいえ、そういうことなら気をつけるべきだ。もっともこの島にいれば他の人間に見つかることもないとは思うが。

「さて、続きだがこっちはキオン。島で魔物に襲われているところを助けたら、使い魔になってくれたんだ」

「キオンはひんやりして気持ちいいのじゃ」

「キュピ～♪」

竹姫が膝の上にキオンを乗せて頭を撫でた。キオンは機嫌良さそうに鳴き声を上げている。

「この子もスライムにしては変わってるわね……ブルースライムのようだけど、普通スライムはこんなに人なつっこくないわ」

「あぁ。俺の知ってるブルースライムとも確かに異なるな。鉄とか酸化してくれるし」

「え？　何それ？　そんな力があるの？」

エフが目をパチクリさせる。

うむ、おかげでマンクリート造りも捗ったものだ。

「正直、こんなに珍しい子たちが、皆貴方の使い魔ってことに驚きだわ。貴方、いったい何者なの？」

「俺はただの魔導建築士だよ」

「ま、どう、けんちく、し？」

エフがたどたどしい感じで発音して小首を傾げる。そんなに聞き取りづらかったのだろうか？

ともかく、俺は最後の一人を紹介する。

「最後にルベルだ。毛はないけど、その分逞しい。この砦を守ってくれる力持ちだ。すごく頼りにしている仲間だよ」

「ゴッ！」

ルベルが両手を上げて怪力をアピールした。するとエフがジーっとルベルを見てくる。

「ルベルにも何か思うところが？」

「思うところと言うか、そうね、何か懐かしいというか、よく知った気配が感じられるような……」

「ゴッ？」

その言葉にルベルが、はて？　と首を傾げた。

ふむ、何だろうか？　知り合い？

「ルベルも島で仲間にしたのよね？」

エフがルベルについて聞いてきた。だからどこで知り合ったか、具体的な場所を教える。

ここから少し離れた先にあった洞窟の奥、天井のぽっかりと開いた場所に廃棄されていた装備品が動き出して、それがルベルだったことも含めてだ。

すると、エフの額からたらりと汗が滴り落ちた。目も泳いでいて、ひどく動揺しているのが見て取れる。

「えっと、どうかしたのかな？」

「それが、その、ご、ごめんね。そこに落ちてた装備品って多分、私が捨てたもの……」

「えぇ！　君が!?」

「ウニッ！」

「「「「モグモグ～⁉」」」」

「キュピ～！」

「ク～！」

「ゴッ！」

「何と、お主だったのか」

俺も含めて、皆が驚く。俺が驚いたのは、捨てていたこと自体ではなく、結構な量だったからよく運べたなと思ってのことだが。

「結構な量があったんだけど、運ぶのに何か道具でも使ったのかな？」

ドワーフだし、特殊な道具でも作って使用したのかもしれない。

そう思って聞いてみたんだけど――

「道具？　普通に荷車ぐらいよ。それで穴の上から投げ捨てたの」

荷車か……普通に運ぶよりは楽になるだろうけど、エフくらいの幼さで出来ることじゃないと思うんだけど……

「念のため言っておくけど、私、こう見えて力は強いのよ。ルベルには流石に敵わなかったけど……でも人間には負けないつもりよ！」

腕を組んで得意顔を見せるエフ。

そういえば、ドワーフは腕力にも優れた種族だ。

だからこそドワーフの男は力強い鍛冶が出来るのだろうが……女性のドワーフも、おそらく腕力があるのだろう。

「というわけで、ルベルの体は、パパが作って私が捨てた装備品たちみたいね」

エフが懐かしいと思った理由はこれではっきりしたな。

「でも、どうしてあんなところに廃棄を？」

「パパは工房に篭《こ》もって、ずっと鍛冶仕事してるんだけど、作ったものが気に入らないと、捨ててこいって言うのよ。あそこに捨てると時間が経つと無くなってたから便利だと思って」

なるほど。

実際には、消えていたんじゃなくてマナ溜まりの影響でリビングアーマーとかになって動き出したり、ルベルの体の一部になったりしてたんだろうな。

「ルベルだけじゃなくて他にも動いている装備品があったけど、それも捨てられたってことなんだな」

「なんともポイポイ捨てよるのう」

「うぅ、まさか魔物になるなんて思ってなかったし、今は申し訳なく思ってるわよ」

ジト目を向ける竹姫と、後悔を言葉に滲ませるエフ。本人も悪いと思ってるようだし、あまり責めるのは可哀想だな。

「まぁでも、そのおかげでルベルとも出会えたし結果オーライかな。それに廃棄された素材を使ってマンクリートも作れたし」

「マンクリート？　何かさっきから、魔導建築がどうとか聞き慣れない言葉が出てくるわね」

エフが首を捻る。

マンクリートは魔導建築士ならではの技術だし、そもそも魔導建築士を知らなければ、聞き覚えがなくても当然か。

と、そこでエフがまっすぐに見つめてくる。

「それで、貴方たちが外から島に来たのはわかったけど、いつからなの？　これだけの砦と壁を作るんだから、だいぶ前からいるのよね？　魔導って言っていたけど、周囲から見られないようにする魔法が使えるとか？」

エフから色々と聞かれたけど、どれもハズレだ。

「別に隠すようなことでもないから、認識阻害の術式は組んでないかな」

「でも私も全然気づけなかったんだけど……」

「う～ん、そうだなぁ。この島に来て十日ぐらいは経つと思うけど……でも壁が出来たのは三日くらい前で、砦は二日ぐらいで出来たかな」

「は？　ちょ、ちょっと待って、何それ！　つまりこの壁と砦を貴方、たった三日で築いちゃったってこと？」

「そうだけど、でもドワーフからしたら大したことないだろう？」

「大したことあるわよ！　決まってるじゃない！」

エフが興奮した口調で言い返してきた。

え？　でも——

「ドワーフだって、どんなものでも三日で作るんだろう？　そう考えたら……」

「そんなのただの迷信に決まってるでしょ！　そもそもどこからそんな噂が出回ったのか、こっちが聞きたいぐらいよ！」

なんと、どうやらドワーフは何でもは三日で作れないらしい。

「そうなのか？　何だったら、三日で作れるんだ？」

「剣とか防具ならそれぐらいかしら。でも、今は失敗失敗言ってばかりだから、事実上三日どころか三十年経っても出来てないわね」

さ、三十年？　それはまたえらく根気のいる話だな。

ドワーフは人間より長寿な種族だから、時間の感覚が俺たち人間とちょっと違うのかもだけど、長すぎる気がする。

驚く俺に詰め寄るように、エフが尋ねてくる。

「私としては、どうやってそんなに早く壁や砦を作ったのか気になるわね」

「……と、言われてもな。普通に魔導重機や魔導工具で作っただけだが」

「いや、その魔導重機とか魔導工具がわからないんだけど……」

そこからか。なら見てもらった方が早いかな。

というわけで表に出て、一通り見てもらうと――

「ちょ、一体なんなのよこれえええぇぇええぇぇえぇぇえ！」

メチャメチャ驚かれた。

「そんなに驚くほどのことか？」

「驚くわよ！　何このよくわからない道具！　何でこんな大きいものが勝手に動くのよ！」

「勝手にじゃなくて、一応操作してるんだけどな」

魔導ショベルなんかはレバー操作だ。

「そういう意味じゃなくて……一応聞くけど、中に馬とか入ってるわけじゃないわよね？」

「プッ――」

し、しまったツボった。この中に馬、そ、その発想はなかった。

「な、何笑ってるのよ！」

エフが顔を真っ赤にさせて怒鳴る。

「ごめんごめん。でも馬は入ってないよ。魔導具と一緒で、魔力で動いていると思ってくれていい」

エフには簡単に説明しておいた。大雑把《おおざっぱ》に言えばそんなところだし。

「そう。でもとんでもないわね。それにこの炉もすごいわ。こんなのうちにもないわよ」

「いや、魔導反射炉とは言わなくても、反射炉はあるんじゃないのか？」

「ないわ。パパが使ってるのはもっと別の……そうだ！」

すると、エフが何やら閃《ひらめ》いような顔になる。

「ちょっと皆、うちに来てよ！　パパにそのすごい道具を見せてあげて！」

そして、そんなことを提案してきた。

え？　つまりドワーフの王に会ってくれってことか？

……うーん、何か妙な話になってきたな。ドワーフには確かに興味があるけど、面倒事が起きそうだ。

とりあえず、まだ朝にもならなさそうだったので、皆でもう一度練ることにした。

エフも泊まってもらうことにして、竹姫と一緒の部屋で寝てもらった。


翌朝、俺が目を覚ますと、ウニとキオンが声をかけてきた。

「ウニィ」

「キュビ」

「ん～？　どうした？」

「ウニィ～」

「え？　エフが？」

「キュピ～」

どうやらエフの姿が見えなくなったらしい。エフや竹姫と一緒にいたキオンが最初に気がついたようだ。

う～ん、一体どこに？　トイレだろうか？

一瞬そう思ったが、キオンが目覚めてから戻ってきていないようだし。

「ゴッ！　ゴッ！」

すると今度はルベルが飛び込んできた。

すごく慌てた様子で、身振り手振りで教えてくれた所によると、エフは夜が明けてすぐ、こっそりとルベルのいた洞窟に向かったようだ。

何でまた？　ルベルが気になって後をつけたらしいけどこの様子――何か嫌な予感がするな。

竹姫とモグラたちはまだ寝てるようなので、俺とウニ、キオン、ルベル、起きていたキャニというメンバーで、洞窟に向かう。

「キャ～～～～～！」

魔導車のおかげであっという間に洞窟に辿り着き、中を進むことしばし。

「ウニィ!?」

「キュピ～！」

「ク～！」

「ゴッ！」

洞窟の奥、ルベルと出会った空間で、エフは巨大なスライムに襲われていた。

しかもただのスライムじゃない。何か不気味な色をしていて、キオンのような愛嬌《あいきょう》もないヘドロ状のスライムだった。

「ゴッ！」

ルベルが近づいていき、剣でスライムを斬りつける。

「ゴッ!?」

だが、斬った剣の方がボロボロに崩れ落ちてしまった。あれは……腐食か？

「ルベル、駄目！　近づいたら！　そいつ、金属を腐らせる！」

そう言ってエフがハンマーを見せてきた。頭の部分が半分ほど溶けている。全身金属のルベルにとっては、確かに厄介な相手だ。

「エフの言う通りだ、ルベルは下がっていてくれ」

「ウニィ！」

俺の言葉を受けて、ウニが魔法で土の槍を生み出し発射した。しかしスライムに当たった槍は、ボロボロと朽ち果ててしまう。

だがそのおかげで、スライムの意識がこちらに向きエフから外れた。今がチャンスだな。

俺は魔導車を変形させ、先端に魔導バーナーと同じ機能を備えたモードに切り変えると、早速炎を放った。

ヘドロ状のスライムは物体を腐食させるのに長《た》けているみたいだが、炎には弱いはずだ。

「ギュビィイィィィィィイイイ！」

うわ、キオンと比べると悲鳴もすごく禍々《まがまが》しいな。

精神に来る不気味な声で、日々工事現場で鍛えて騒音に強くなってなかったら、倒れてしまっていたかもしれない。

スライムは途中で体の一部を飛ばしてきたが、それはキャニが障壁で守ってくれた。

そして火炎放射を続けると、不気味な悲鳴がだんだん小さくなり、そしてヘドロ状のスライムは完全に消え去った。

「ふぅ。終わった。エフ大丈夫か？」

「う、うん。ありがとう」

「キュピ～」

「ウニィ～♪」

エフがキオンとウニを持ち上げてギュッと抱きしめた。大丈夫とは言っているけど、やっぱり怖かったのかもな。

「うぅ。あのスライム、攻撃効かないうえに、私の鉄槌が溶けるなんて、もう駄目かと思った……やだもう」

「キュピ～……」

「え？　違う違う！　キオンはとっても可愛いスライムだし、あんなのとは違うわ！」

「キュピ～♪」

悲しそうに鳴くキオンだったが、エフが頬ずりすると、すぐに機嫌は良くなった。

「スライム系は元々物理攻撃に強いからな。相性が悪かったんだろうけど……」

俺は改めてエフを見て問う。

「ところで、エフは何でこんなところに？」

「あ、ご、ごめんね。ルベルの話を聞いて、どうしても気になったの。もし捨てられた装備品がまだあったら、申し訳ないなって思って……」

そういうことか。エフも責任感が強いな。

「装備ならこっちで全部回収してるから大丈夫だよ」

それに万が一残ってたとしても、あのスライムが取り込んで溶かしてるだろうしな。

「う、うん。そうみたいだね」

周囲を見ながらエフが言う。

「余計なことをして迷惑かけちゃったみたいね……」

「ウニ～」

「ク～……」

エフが肩を落としているのを見て、ウニとキャニが心配そうにしていた。

やれやれ、仕方ないな。

「エフ、ちょっと来てくれ」

「え？」

俺はエフを連れて洞窟の奥に向かった。そこには青白く光るマナ溜まりがある。

「うわぁ！　綺麗──」

両手を組んで、エフが目を輝かせた。

しばらく見とれていたが、ハッとした顔で俺を見てくる。

「ワークってば、もしかして私を励ますために？」

「まぁそれもあるが、これはマナ溜まり、別名マナの泉と言ってな。俺たち魔導建築士にとっては非常に重要なものなんだ。これをうまく利用出来るようになれば、工事もやりやすくなる。でも、そのためには俺の力だけじゃ駄目なんだ。出来れば、腕のいい職人の力を借りたい」

そこまで言うと、エフも俺が言わんとしていることに気がついたみたいだ。

「つまり、ドワーフの力が欲しいってことね？」

「あぁ。だからエフに協力してもらって、ドワーフといい関係を築けたら嬉しいんだがな」

そこまで伝えると、エフの顔に笑みが浮かぶ。

「フフッ、そう。まったく、仕方ないわね。なら、私が何とかしてあげないこともないわよ！」

「はは。それなら良かった。頼りにさせてもらうよ」

俺は無意識に、エフの頭に手を乗せる。

すると途端に、エフの顔が朱色に染まった。あ、やべ。

「わ、悪い、つい！」

撫でやすい位置に頭があったから、皆をモフる感覚でやってしまった……怒ったかな？

「……し、仕方ないわね。べ、別にいいわよそれぐらい！　ふ、ふん！」

そしてエフはそんなことを言ってそっぽを向いてしまった。これは怒ってるのか？　そうでもないのか？

う〜ん、わからん……とにかく、ここにいても仕方ないので、俺たちは砦に戻るのだった。

既に起きていた竹姫に事情を説明してから、皆で朝食をとる。

「この肉、美味しいわね。一体何のお肉なの？」

朝から肉は重いかなと心配だったけど、エフはもりもり食べていた。

あの小さな体のどこに入るんだってぐらいの勢いだ。もしかして……全部胸に？

そんなくだらないことを考えていたらじーっと睨まれたので、慌てて答える。

「それはギュランサウルスの肉だな」

「ギュランサウルスなんて、そうそう狩れる相手じゃないわよ！　私たちも目にしたら避ける相手だし！」

「そうなのか？　まぁ俺には愛用の魔導ショベルがあるからな」

「昨日見せてくれたアレよね？　あれって戦えるの？」

「勿論。魔導建築重機は最強だ！　いいかエフ？　魔導重機というのはだな――」

それから俺は魔導重機の素晴らしさをエフに教えてあげた。

「そ、そうなんだ……」

だけど、なぜかちょっと引き気味に何だか適当な対応をされてしまった。

なぜだ、こんなに素晴らしいのに――

「ワークはいい奴だと思うがのう。こういうところはちょっと残念なのじゃ」

「誰が残念だ、誰が」

「ウニィ～……」

「ク～……」

あれ？　なぜかウニとキャニからもやれやれといった空気を感じるんだけど……

「えーっと、それでドワーフの協力をお願いしたい件なんだけど……そっちの国にお邪魔しちゃっていいのかな？」

「勿論よ！」

「そうか。格好とかやっぱり気にした方がいいか？　と言っても、大した服はもってないんだが」

着替えも次元倉庫に入ってはいるが、そんな洒落《しゃれ》たものはない。

カルセル王国から出る直前は、王に会うために多少は綺麗な服を着てたけど、それだって作業着であることには違いない。

「あ〜……一応王とか姫とか呼ばれてはいるけど、国と言えるほど大げさなものでもないから、そんなに気にする必要ないわよ。そもそもパパなんて基本薄汚れてるし」

酷い言われようだな！　なかなか辛辣《しんらつ》な娘だ。

「でも来てくれるならありがたいわ！　歓迎するわよ！」

歓迎してくれるなら、話は早いかな。

俺たちは食事を終えたら、すぐに準備を整える。

まさか、宮廷建築士の地位を剥奪されて追放されるだなんて思ってなかったけど、こうしてこの島にやってきたことで、新しい仲間たちが増えた。

しかも、建築だってそれなりに自由に出来るし、まさかドワーフと出会うだなんて、それこそ夢にも思わなかったくらいだ。

ドワーフの王国ではどんな出会いがあるかわからないけど、すごい技術を学ぶことが出来るかもしれない。

島暮らしも悪くないな、なんて思いながら、俺は仲間たちと一緒に、魔導作業車に乗り込むのだった。

◇
◆
◇

ワークが島で着実に拠点を作り上げている一方、カルセル王国では、ワークが築いたものを破壊するという行為が行われていた。

そしてそれは、王国内に設置されていた地層安定機が外された翌日のことだった――

――ズゴゴゴゴゴゴゴゴゴゴッ！

夜中、これまで王国民が経験したことがないような、大きな揺れが訪れた。

巨人が足踏みしたかのような大きな地震に、王都中の人間が飛び起き、大慌てになる。

それは勿論宮殿にしても一緒であり――

「一体どういうことだ！　なぜ急に地震が！」

「陛下、落ち着いてください。自然のことですから、これぱかりは我々ではどうしようもありません」

「しかしこれまではこんなこと一度も起きなかったではないか！」

「これまで起きなかったからといって、今日も起きない理由にはならないのです。とにかく今は王都の兵を総動員して被害状況の確認に走らせておりますので少々お待ちを――」

執事《しつじ》にそう言われ、渋々《しぶしぶ》と落ち着く国王。

それからしばらくして、災害対策長に急遽《きゅうきょ》任命された騎士団長がやってきて、被害報告を行った。

「調べた結果、王都では死傷者は出ておりません」

「そ、そうか。それはよかった」

これには王も、緊急で集められた大臣も、ホッと胸をなでおろした。だが、その後の報告が問題だった。

「――ですが、城壁の亀裂などの損害が多数。また、各所の道路が陥没《かんぼつ》したせいで上下水管ともに破損、現在王都の多数の箇所で水漏れが発生しております。更に下水の臭いが上がってきており、とんでもない臭気が街中を覆っております。かなりの悪臭でして、その上、住人から魔導灯がつかないというクレームも多数、他にも――」

確かに、王国の民に大きな怪我はなかった。

しかし、それ以外の面で問題が大きすぎたのである。

この地震により、インフラ関係は多大な被害を受けることとなり、明朝には下水の臭いが宮殿にまで漂ってくることとなる。

もっともこの原因は、ドワルが手配した職人たちがいい加減な仕事をしていたことが理由として大きいわけだが――

「は、早く何とかせんか！」

「は、はい。とりあえず緊急対策として、宮廷魔導師を動かし風魔法で臭いを散らす方法を。上下水管や壁についてはアバネ組の職人を動かして――」

「それで間に合うのか！　わかっているのか！　もう間もなく魔導大祭典の運営委員がやってくるのだぞ！　こんな状況をもし見られたら！」

「クッ――」

王の怒りに、ドワルも表情を歪ませた。今からだとどう急いでも復旧は間に合わない。しかし、運営委員のメンバーは刻一刻と迫っている。

こんなはずじゃ、とドワルは頭を掻きむしりたくなる。

だが、彼らはまだ気がついていない。こんなものは王国の崩壊に繋がるほんの序章でしかないということを。そして、ワークがどれだけこの国にとって重要な人材だったかということを――

「宮廷から追放された魔導建築士、未開の島でもふもふたちとのんびり開拓生活！」

キャラクターデザイン&設定集

ワーク・ルフタ
シュッとしつつ、
厳つくなりすぎないイメージ
形状変化機構付きの腕輪
しっかりとしたつくり
動きやすい、
作業着っぽさのある服装

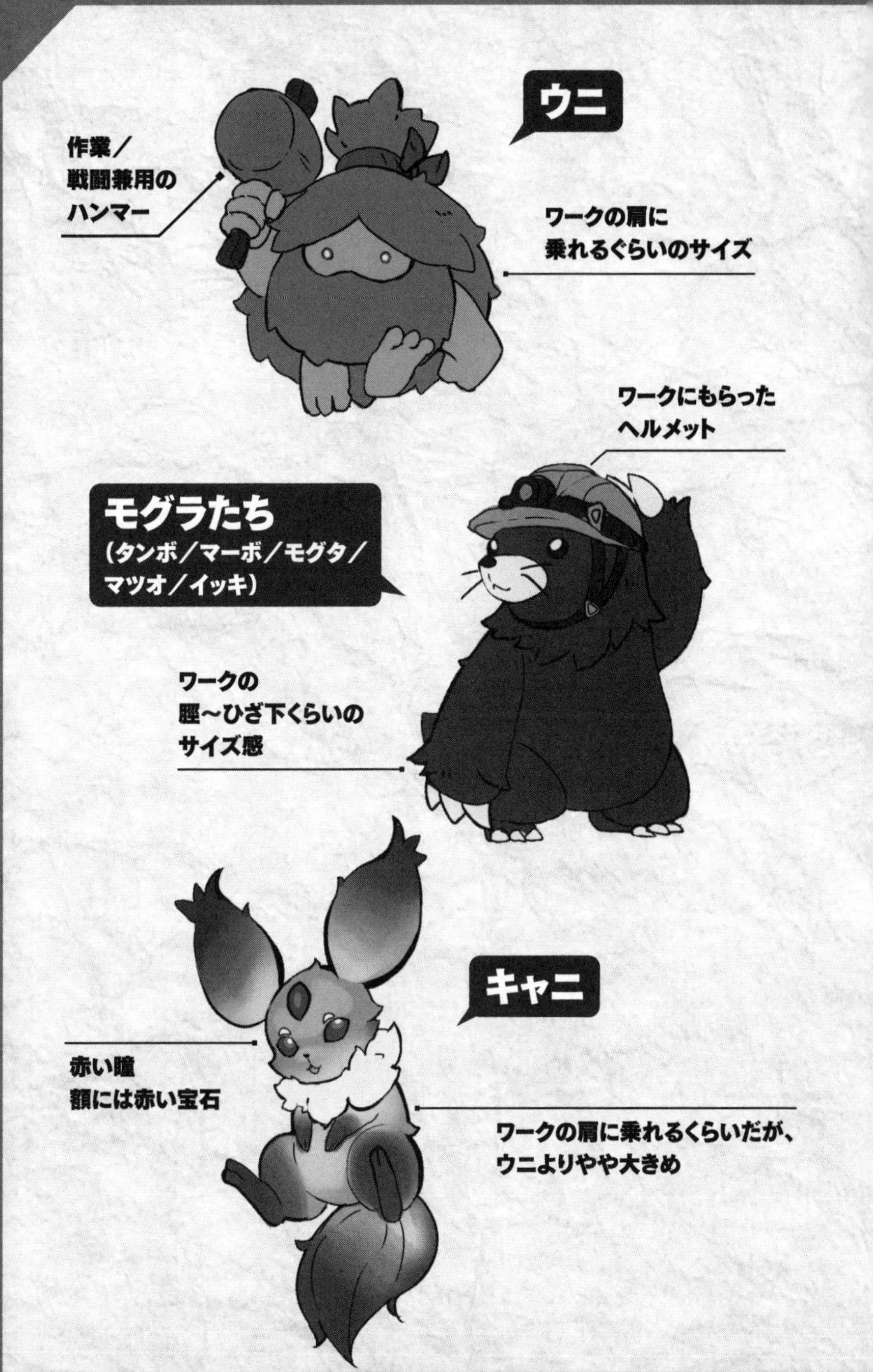
ウニ
作業／戦闘兼用のハンマー
ワークの肩に乗れるぐらいのサイズ
ワークにもらったヘルメット
モグラたち（タンボ／マーボ／モグタ／マツオ／イッキ）
ワークの脛〜ひざ下くらいのサイズ感
キャニ
赤い瞳
額には赤い宝石
ワークの肩に乗れるくらいだが、ウニよりやや大きめ

あずみ圭
Azumi Kei
月が導く異世界道中
Tsukiga Michibiku Isekai Dochu
1~16
8.5
TVアニメ化!
2021年7月7日放送開始!
TOKYO MX・MBS・BS日テレほか
CV 深澄 真:花江夏樹
巴:佐倉綾音 澪:鬼頭明里
監督:石平信司 アニメーション制作:C2C
レシート応募プレゼント
キャンペーン実施中!!
2021年6月4日～2021年9月30日まで
詳しくはこちら
●各定価：1320円（10%税込）
●illustration：マツモトミツアキ
1～16巻好評発売中!!
漫画：木野コトラ
●各定価：748円（10%税込）●B6判
コミックス1～9巻好評発売中!!

覚醒から始まる、一発逆転&成り上がりファンタジー!

冒険者のタイラーは、誰でも発現するはずの魔法属性がないことを理由に、ダンジョンの最奥に置き去りにされてしまう。しかし、幼馴染・アリアナの窮地を前にして、全属性の魔法を使えるという秘められた力が覚醒! アリアナとともにダンジョンを脱出したタイラーは、妹の病を治す薬草が超上級ダンジョンにあるという情報を得る。すぐにアリアナとともにパーティを結成しなおすと、冒険者として新たな目標に向かって再出発するのだった——

●定価:1320円(10%税込) ●ISBN 978-4-434-29265-1

●Illustration:たば

加護持ち1歳児は
最強魔獣たちと自由気ままに成長中！

神様の手違いが元で、不幸にも病気により息を引き取った日本の小学生・如月啓太。別の女神からお詫びとして加護をもらった彼は、異世界の侯爵家次男に転生。ジョーディという名で新しい人生を歩み始める。家族に愛され元気に育ったジョーディの一番の友達は、父の相棒でもあるブラックパンサーのローリー。言葉は通じないながらも、何かと気に掛けてくれるローリーと共に、楽しく穏やかな日々を送っていた。そんなある日、1歳になったジョーディを祝うために、家族全員で祖父母の家に遊びに行くことになる。しかし、その旅先には大事件と……さらなる“もふもふ”との出会いが待っていた!?

●定価：1320円（10%税込）　ISBN 978-4-434-28999-6　●illustration：conoco

勇者召喚に巻き込まれて異世界転移した元サラリーマンの相良真一（シン）。彼が転移した先は異世界人の優れた能力を搾取するトンデモ国家だった。危険を感じたシンは早々に国外脱出を敢行し、他国の山村でスローライフをスタートする。そんなある日。彼は領主屋敷の離れに幽閉されている貴人と知り合う。これが頭がお花畑の困った王子様で、何故か懐かれてしまったシンはさあ大変。駄犬王子のお世話に奔走する羽目に!?

●ISBN 978-4-434-28668-1 ●定価：1320円（10%税込） ●Illustration：万冬しま

アルファポリスで作家生活！

新機能「投稿インセンティブ」で報酬をゲット！

「投稿インセンティブ」とは、あなたのオリジナル小説・漫画をアルファポリスに投稿して報酬を得られる制度です。
投稿作品の人気度などに応じて得られる「スコア」が一定以上貯まれば、インセンティブ＝報酬（各種商品ギフトコードや現金）がゲットできます！

さらに、人気が出ればアルファポリスで出版デビューも！

あなたがエントリーした投稿作品や登録作品の人気が集まれば、出版デビューのチャンスも！　毎月開催されるWebコンテンツ大賞に応募したり、一定ポイントを集めて出版申請したりなど、さまざまな企画を利用して、是非書籍化にチャレンジしてください！

まずはアクセス！ アルファポリス 検索

― アルファポリスからデビューした作家たち ―

ファンタジー

柳内たくみ
『ゲート』シリーズ

如月ゆすら
『リセット』シリーズ

恋愛

井上美珠
『君が好きだから』

ホラー・ミステリー

椙本孝思
『THE CHAT』『THE QUIZ』

一般文芸

秋川滝美
『居酒屋ぼったくり』
シリーズ

市川拓司
『Separation』
『VOICE』

児童書

川口雅幸
『虹色ほたる』
『からくり夢時計』

ビジネス

大來尚順
『端楽（はたらく）』

この作品に対する皆様のご意見・ご感想をお待ちしております。

おハガキ・お手紙は以下の宛先にお送りください。

【宛先】

〒150-6008 東京都渋谷区恵比寿 4-20-3 恵比寿ｶﾞｰﾃﾞﾝﾌﾟﾚｲｽﾀﾜｰ 8F
（株）アルファポリス　書籍感想係

メールフォームでのご意見・ご感想は右のＱＲコードから、
あるいは以下のワードで検索をかけてください。

アルファポリス　書籍の感想　検索

ご感想はこちらから

本書は Web サイト「アルファポリス」（https://www.alphapolis.co.jp/）に投稿されたものを、改題、改稿のうえ、書籍化したものです。

宮廷《きゅうてい》から追放《ついほう》された魔《ま》導建築《どうけんちく》士《し》、
未《み》開《かい》の島《しま》でもふもふたちとのんびり開拓生活《かいたくせいかつ》！

空地大乃（そらちだいだい）

2021年 8月 31日初版発行

編集－村上達哉・宮坂剛
編集長－太田鉄平
発行者－梶本雄介
発行所－株式会社アルファポリス
〒150-6008 東京都渋谷区恵比寿4-20-3 恵比寿ｶﾞｰﾃﾞﾝﾌﾟﾚｲｽﾀﾜｰ8F
TEL 03-6277-1601（営業） 03-6277-1602（編集）
URL https://www.alphapolis.co.jp/
発売元－株式会社星雲社（共同出版社・流通責任出版社）
〒112-0005 東京都文京区水道1-3-30
TEL 03-3868-3275
装丁・本文イラスト－ファルケン（https://falken-portfolio.jimdosite.com/）
装丁デザイン－AFTERGLOW
印刷－中央精版印刷株式会社

価格はカバーに表示されてあります。

落丁乱丁の場合はアルファポリスまでご連絡ください。

送料は小社負担でお取り替えします。

ISBN 978-4-434-28909-5 C0093